님께

이 시집을 드립니다.
항상 문운(文運)이 함께하시길
기원합니다.

최윤호 드림

동반자

광암호수

청산 최윤호 시집

동 반 자

문화앤피플

작가의 말

호는 淸山. 법명은 法燈

경북 칠곡에서 태어났다.

가족은 황인자 여사와 슬하에 3남 2녀를 두고 있다.

경상북도 칠곡군 동명면 남원리에서 '최학조' 공과 '이태분' 여사의 외아들로 왜정 식민지 암흑기에 태어나 약소 민족의 고통을 겪었고 조국 광복 후에는 민족마저 사상적 이념으로 분열된 혼란기에 민족적 비극인 6.25전쟁의 참상 속에 생활하여 국가관이 투철하며 仁義禮智信을 덕목으로 대구 남산초등학교, 대구중학교, 대구영남고등학교, 영남대학교 전신인 청구대학 법과 2년 중 육군에 입대, 육군병장(부관)제대,

5.16 직후 청년 시대의 사회봉사에 대한 의식을 가지고 국가재건국민운동본부 경북지부 대구시 서구청년회 회장을 역임하면서 청년이 시대의 주역으로 지도력을 발휘하며 인류의 번영에 기여하고자 노력하였고, 상경하여 서울시 산업국에 근무하게 되어 산림녹화사업에 2년 동안 근무하다가 전직하여 19년간 경찰공무원으로

투철한 사명감과 국민의 공복으로 봉사하는 자세로 주어진 어려운 여건에서 최선을 다하였으며 당시 수사와 정보 및 인사 업무를 담당하면서 맡은바 직무수행에 충실하였다. 퇴직 후에는 한국도로교통공단에서 17년간 재직하면서 인사처장을 역임(연령정년)하였다.

이어서 용인 모현면 소재 (주)쌍용자동차운전전문학원에서 학감 겸 부원장으로 4년간 재직하면서 7,100여 명에 대한 2종 면허증을 발급받게 하는 일을 끝으로 모든 공직생활을 마치고 제2 인생의 사회봉사 활동으로 한민족독도사관 이사로 재직하면서 독도수호운동과 독도음악회 독도탐방과 시화집을 보급하며 나라사랑운동을 전개 하였으며 겸하여 월간보훈뉴스 상임고문을 역임하였다.

또한, 전,현직 수사경찰 상호 간 친목 도모와 수사경찰 업무발전 및 사회봉사활동에 기여하고자 수사 및 형사분야 전직 총경급 이상 경우들의 모임인 '수사 동우회(수우회)'간사로 동수우회를 28년간 운영해왔다.

선진조국 창조와 정의사회를 구현하며 인간의 영혼을

바르게 인도하여 고뇌에서 허덕이는 사회의 병리를 구원하고자 노력하는 천주교 교인으로 선대는 나라의 운명이 위기에 처하자 구국의 일념으로 호국간성을 다한 충의지사를 다수 배출한 경주최씨 후손이다.

국민적 불신의식이 만연하던 시기에 봉사하는 공직자상을 구현하고자 합리적으로 생활하였고, 월간보훈뉴스 상임고문을 역임하며 사회공동체 실현에 모범이 되고 있는 사연을 찾아 정서함양에 노력한 미담사례의 주역이기도 했다.

지금까지 수상내역은 치안국장 표창, 내무장관 표창 4회, 서울시장 표창 4회, 국가보훈처장 감사장, 서장급기관장 표창 13회 등 수상했다.

살아오면서 가장 보람 있는 명패는 지금 시인이란 이름이다. '복재희' 문학평론가를 만나서 이룬 쾌거이다.

수년간 틈틈이 모아둔 졸작 『동반자』를 상재하려니 당당하던 내가 한없이 작아지는 부끄러움은 독자님들의 따스한 가슴에 맡긴다.

내 나이 구순 되어 우리 가정을 위해 몸과 마음을 다해 온 요양원에서 고생(병마)하고 있는 아내 '황인자'와 효자(우석) 효부(가연)에게 마지막 사랑을 전하려는 용기로 받아 주기 바란다.

이 시집을 읽는 독자들에게 만사가 형통하시길 두 손 모읍니다.

2025년 어느 봄날에

淸山 **최 윤 호**

차례

차례

차례

2 • 당신의 향기

차례

차
례

3. 고운 단풍처럼

차례

차례

4 • 눈 속에 그대와 함께

차례

차례

5. 귀한 인연

차례

1부

꽃눈이 쌓이네

봄맞이 / 좋아할 수 있다면 / 참 좋은 당신 / 마음의 꽃 / 동반자 / 봄이 왔네 / 봄이 온다네 / 봄을 느끼는 마음 / 달빛과 별빛 사이 / 당신 생각에 / 달달한 사랑 / 당신은 / 마음은 청춘인데 / 자연의 소리 / 만남의 福 中 / 꽃눈이 쌓인다 / 목련꽃 피던 밤 / 어버이날을 맞아 / 천년을 살 것처럼 / 오월 초 빗속에 / 오월의 꽃향기 / 성큼 다가온 봄 / 사월의 노래 / 바위틈 꽃 한 송이 / 오늘이 마지막인 것처럼 / 봄 어느덧 오월은 / 서로의 인격 / 바람 같은 인생 / 푸른빛으로 오는 봄 / 봄소식

봄맞이

봄은 어느새
늘 푸른 날을 기대하며
드넓은 화폭에 푸름을 칠한다

꽃들은 꽃망울 터트리고
시인의 마음엔 화사한 기운을
한 지게 실어다 부어준다

별빛으로 아름다운 밤
지금은 그런 황홀한 시간
잊었던 그리움이 노크하는 시간

좋아할 수 있다면

나를 좋아할 수 있다면
매일 밤 사랑의 편지와
애정의 노래 불러드리겠습니다

나를 좋아할 수 있다면
많은 추억 만들며 즐겁게
후회 없는 시간을 만들겠습니다

나를 좋아할 수 있다면
당신의 사랑 나만이 간직해
가슴에 묻고 살겠습니다

내가 싫어서 갑자기 떠난다 해도
내가 사랑한 사람이니
결코 미워하지 않겠습니다

참 좋은 당신

참 좋은
당신을 만나서 행복합니다

좋은 사람과
좋은 생각으로 같이하는 행복

늘 함께 즐겁고
행복함으로 감사하기에

이 시간 아른거리는 당신을
떠 올려 봅니다

함께 하면
마음이 따뜻하고 평안합니다

떨어져 있어도
마음은 언제나 가까이하며

서로 사랑하면서
건강하게 오래오래 삽시다

마음의 꽃

삶의 감성을 만드는
기쁨 꽃 행복의 꽃 사랑의 꽃

행복의 꽃은 마음에서 피는데
우리는 잊고 산다

수줍은 마음 깊은 곳에
느껴지는 순간들의 일상

아름다운 기억을 주는 마음 꽃밭에
고운 싹을 틔우게 하고 싶다

봄 여름 가을 그리고 겨울에도

동반자

여보!
비 내리는 것 좀 봐요
당신이 좋아하는 비가 내리고 있소

당신은 요양원에 있고
나는 창밖을 보고 있고
당신은 나를 모르고
나는 아직 당신을 그리워하고
정녕 누가 더 가여운 것일까

늘 운전 조심하고
남에게 추하게 보이지 말고
당당하게 처신하라던 그대 잔소리가
경전처럼 소중해지는 나는 지금 외롭소

나는 텅 빈방 안에 동그마니 있고
당신은 죽음의 학교에서 줄을 서 있고
누가 더 고독한지
창밖에 빗줄기가 나 대신 울고 있소
당신이 좋아했던 비는 하염없이 내리고
나는 살갑던 아내를 추억하는 긴 밤이구려

봄이 왔네

강남 갔던 제비 봄꽃 안고 오니
눈바람 동장군 꼬리를 감추네

대지엔 파릇한 꿈이 열리고
목련 개나리 진달래 산수유
단장하기 시작했다

복숭아꽃 찡긋
길손에게 윙크할 때
어느 아낙네의 옷고름 풀어지네

노란 병아리 몇 마리
뒤뚱뒤뚱 햇살 받으며
나랑 봄나들이 가자 하네

봄이 온다네

봄이 오고 있는지...
온다는 소식은 들었는데
아직 오지 않고 있네

저 산 너머 남쪽 땅속에서
파릇파릇 얼굴을 내밀고 있는지

봄이여
임 오는 길 거칠까
안개로 물 뿌려 길 녹이시며
산수유 진달래 홍매화로 사뿐히 오셔요

올 적에는
슬픈 이에게는 기쁨을
막막한 이에게는 희망을 주셔요

봄을 느끼는 마음

봄 오니 온 세상이 꽃밭이다
가로수마다 파란 얼굴을 내밀고
찬바람 소리에도 봄은 손짓한다
잎보다 꽃부터 먼저 피우는
진달래 산수유 봉오리도
메말랐던 산골짝 계곡에도
맑은 물이 싱그럽고
꽃이 활짝 핀 나뭇가지 위에는
온갖 새들이
봄노래 부르니 계절의 변화가
신비롭구나

달빛과 별빛 사이

하얀 마음으로
그려보는 그대의 모습

달빛과 별빛 사이
그대 향한 마음 걸어놓고

무시로 찾아오는
그리운 정 못 잊어

숨죽여 타는 별빛
타는 가슴에 매달으면

빛나는 하얀 꽃
당신은 나의 천사

당신 생각에

보고 싶다고 생각하면
더 보고 싶어질까 봐
혼자서 히죽이 웃어 본다

보고 싶고 그리워도
마음뿐이지
뭐 줄 것 없어서 미안해

하지만
그저 소중하게 아껴주는
따뜻한 사람으로 있을게

사랑은
진실한 사랑으로만
사랑할 수 있는 것

조용히 두 눈 감고
미소 짓는다
그대 생각에...

달달한 사랑

마음을 녹여
달달한 행복을 막대에 감아

달콤한 순간
번개로 녹아짐은 아니겠지

부드러운 입술의 감촉
다정한 눈빛의 그윽함

흘러내리는 갈색 향기에
그대의 설렘이 얼비치는 어처구니

세상에서
가장 아름다운 달달한 사랑이라서

당신은

이 세상엔
하나의 태양밖에 없듯이
내 가슴 속에 핀 한 송이 꽃

살아온 모든 것
살아낸 모든 것은
곁에서 굳건히 지켜 준

고마운 사람
참 고마운 내 사람
당신 덕분이었습니다

다시 태어나도
오직 한 사람
당신만을 위해 존재하겠습니다

마음은 청춘인데

강물 같은 세월에
지금까지 살아온 인생사
돌아보면 아쉬움만 남고
앞을 보면 안타까움이 가득

가는 세월 붙잡을 수 없고
인생을 조금 알만하고
인생을 바라볼 만하니
어느새 하얀 서리
골 깊은 주름만 늘었네

아직 내 마음은 청춘인데

강물 같은 세월에
꿈 싣고 마음도 실어
힘들게 살아 온 인생사
지금 잘 살아 있음에
얼마나 고맙고 행복한지는
나밖에 모를 것일세

얼마 남지 않은 여생
친구를 만나 차 한 잔 술 한잔
나눌 수 있고 내 가슴에
아직 사랑이 남아 있어 감사하면서
하루하루 오늘의 삶이 헛되지 않게
가슴 깊이 느끼며 열심히 살아가련다

자연의 소리

우거진 숲속
청아한 새소리 물소리

바람 소리
숲에서 연주하니
나뭇잎 춤을 추네

산 숲에 홀로 앉아
자연의 합주를 듣는
자유로운 고독이 좋아라

들꽃과 풀들도
덩달아 부루스 춤추는…

만남의 福 中

누릴 수 있는 福 中에서
가장 으뜸 되는 福은 만남의 福이리

配偶者와의 만남 다음
親舊間의 만남이 으뜸인 것
夫婦는 平生 同伴者이고
親舊는 人生의 同伴者이기 때문

내가 먼저 좋은 生覺을 가져야 좋은 親舊를 만나고
내가 멋진 사람이라야 멋진 사람과 어울리고
내가 따뜻한 마음이어야 따뜻한 사람을 만나는 이치

平生을 幸福하게 살기 위하여 必要한 것 中
가장 偉大한 것은 親舊이리라
어떤 親舊는 父母兄弟 보다 親密하기에

어떤 問題가 生겼을 때
감춤 없이 내 안의 苦痛도 이야기할 수 있는 親舊
기쁠 때나 몹시 아플 때도 意志할 親舊가 있다면
所重한 資産이리
그런 親舊가 내 옆에 있음은 恩惠요 感謝요 기쁨의
源泉이리라

꽃눈이 쌓인다

봄이 오니
온갖 새싹 꽃망울 터트리고
꽃들은 산들바람에 춤을 추니
가슴엔 소리 없이 꽃눈이 쌓인다

초록 잎 새 어우러지니
눈부시게 아름다운 사월의 봄날
온갖 꽃들 만개하여
아름다움이 가슴을 짓밟아온다

꽃잎처럼 하늘하늘 날아서
기다리는 그대 앞으로
살며시 날아가고 싶은 마음
찬란하게 피워서
그대 가슴에 안기고 싶다
가장 행복한 봄날이기에

목련꽃 피던 밤

달빛 사이 목련꽃 피던 밤
우리는 사랑을 속삭였지

세월이 갈수록
추억은 가슴에 옹이로 박히네

언제나
기쁨과 즐거움을 주던 사람

서로에게 의지가 되던
더없이 좋았던 그 사람

소중한
그 사람 이젠 그리움 되어

아름다웠던 정담은
달빛에 반짝이는 강물이 되네

어버이날을 맞아

子息위해 父母님의 獻身的 삶을
妄却하고 살고 있지 않은지
되돌아 봐야 한다

기쁠 때나 슬플 때에 늙으신 父母님
얼굴 뵙는 일 1年에 몇 번이나 되는지
1年에 한 번 어버이날 아니고
1年에 한 번 어버이 生辰일 아닌
平素에 父母님을 生覺하고
걱정하는 子息이 되었으면 좋겠다

父母님은 언제나 우리 곁에
살아 계실 수 없다
子息 爲한 犧牲의 歲月을 살아오신 父母님
平生을 두고 다 갚지 못할 恩惠
늘 不孝子로 살아야 한다

오늘은 父母님을 찾아뵙고
父母님 恩惠에 感謝를 드리고
또한 子息들로부터 孝道 받는
貴한 時間 함께 즐겁고 幸福한
어버이날 되기를 所望한다

천년을 살 것처럼

잠시 왔다가는 인생
잠시 머물다가는 세월
천년을 살 것처럼
허둥지둥 살았습니다

사정없이 가버리는 세월
속없이 바보처럼 살았습니다
길이가 짧게 남은 인생길
무심을 키우며 살겠습니다

소소한 행복을
온몸으로 느끼며 살겠습니다
힘들고 고단한 삶이지만
그래도 살만하다 여기겠습니다

꿈과 희망을 지니고
인생의 마지막을 장식하겠습니다
최선을 다해 시를 짓다가
후회 없이 흙으로 돌아가도 좋겠습니다

오월 초 빗속에

오월 초
내리는 빗속에 봄꽃이 지누나
어느새
여름으로 가고 있다는 수채화

살아온 날보다
살아갈 날이 많지 않기에
친구와 함께 막걸리 한잔이 그리운 시간

아프지 않고
마음 졸이지 않고
사랑할 수 있는 시간이 얼마만큼 있을까

세월의 무게만큼이나 삶이 숨차니
소풍 같은 인생 여정이 꿈일까 두려워
하늘 보며 흘린 눈물로 흥건한 여기

황혼 길에 들고 보니
세상은 아름답고 사랑할 수 있는 마음과
배려하는 마음은 평수를 넓히는데…

오월의 꽃향기

오월에도 꽃향기가
사방에 흩날리면 좋겠다
사월에 핀 꽃향기와
오월에 피는 꽃향기가 어울려
내 마음에 스며들어
내 눈빛에도 향기가 났으면 좋겠다

아름다운
오월의 꽃향기를 나누며
싱그러운 유월을 맞이할
희망을 마음에 그려 본다

오월 한 달 내내 그대에게도
꽃향기가 많이 났으면 좋겠다
아름다운 꽃향기 속에서
자주 보며 웃을 수 있는
그 웃음이
내 행복이 되었으면 좋겠다

성큼 다가온 봄

봄 오는 소리에
조용히 물러가는 겨울
겨울잠 깨우는
봄기운에 만물이 움 틔우네

구름 한 점 없는
햇살 아래 산길을 걷는 오늘
산속 계곡엔
졸졸 흐르는 물소리

잣나무 가지 사이
싱그러운 바람 봄이라 한다
양지 녘 버들강아지
진달래 꽃피울 준비에 한창이고

연둣빛 새싹들
뾰족이 얼굴 내미는 활엽수 가지
봄나들이 나온 노란 병아리들
봄은 평화와 사랑의 계절입니다

사월의 노래

하얀 목련꽃
엄동설한에 하얀 털옷 입고
꽃봉오리 내밀고
어김없이 찾아온 봄을 노래하네
연꽃이 나무에 핀다고
하얀 목련이라 한다지

봄의 길목에
하얀 목련의 그 고귀한 자태
지나는 길손 걸음을 멈추게 하네요

하얀 목련꽃을 보노라면
예쁜 한 여인의 미소가 떠오른다
69년 전 중학교 시절
대구 대봉동 방천 둑에서
'4월의 노래'를 가르쳐 준 음악 선생님

바위틈 꽃 한 송이

바위틈에 곱게 핀
이름 모를 꽃 한 송이

부지 초면
나를 보고 웃어주며
손짓한다

가까이 다가서니
은은한 향기가
갈 길을 멈추게 하네

이리 곱게 피도록
비바람 막아 준 바위가
고맙고 대견하다

나도
누군가에게 바람막이 되어
꽃을 피우게 하는 사람이고 싶다

오늘이 마지막인 것처럼

오늘이 마지막인 것처럼 사니
내일은 염려할 일 없고

용서하지 못 할 일도 없으며
욕심도 없다

모든 것 내려놓고
마음을 정리했다

얼마의 시간이
더 남아 있는지 알 수 없어서

봄

봄이 왔네
온 세상 꽃이로구나

봄볕의 성화에 견디지 못해

노란 산수유꽃에도
매화꽃에도 다가간다

어디론가 훌훌 떠나고 싶다
내 사랑하는 그 사람과 같이…

어느덧 오월은

초여름의 정취
푸른 옷으로 덮여버린 산야
곳곳마다 푸름으로
쉴 새 없이 짙어만 가는구나

봄은 여름을 만나
짙은 녹색의 그림이 되어
삶의 소중함과 여유를
찾게 해 주고 있구나

가슴에 내린 단비는
촉촉이 푸른 유월을 안겨다 주고
어느덧 오월은
아름다운 추억으로 묻히는구나

서로의 인격

말투는 그 사람의
인격을 나타내기에

사람의 마음이 고약하면
말투도 고약하게 나오는 이치

말투가 온순하면
그 마음이 평온하고
말투가 거칠면
그 마음 또한 그러하기에

사소한 말 한마디라도
서로의 인격을 생각하며 뱉을 일

바람 같은 인생

폭풍이 지나간 뒤는 고요하듯
복잡했던 사연도 지나고 보니 바람이더라

바람처럼 왔다가
육체마저도 바람으로 사라지는 우리 인생

곱든 단풍잎도
바람에 떨어져야 거름이 되듯이

자연에서 왔다 자연으로 가는 우리
가벼운 민들레 홀씨로 날리면 어떠리

푸른빛으로 오는 봄

축령산엔 아직
하얀 눈이 쌓여 있는데

새벽녘에
비가 조금 내리더니

연두색으로
눈 뜨는 소리 들리고

베란다 영산홍 가지에
푸른 잎과 꽃망울 돋아나니

봄은 우리 곁에
푸른빛으로 오는가 보다

봄소식

아지랑이
아롱아롱 미소가 번질 봄

남풍에 희망 담고
활짝 웃으며 달려올 봄

백목련봉오리 내밀고
꽃향기 품어 날릴 봄

언제 가슴에 안기려나

2부

당신의 향기

인생이란

곱게 피었다가 지는 꽃처럼
덧없는 길이 우리네 인생이라
살아오며 맺은 좋은 인연들
이젠 하나씩 하늘나라로
자리를 옮기고 있는 허전함에야

앨범 속 나의 인생길엔
험한 산길도 있었다만
남부럽지 않아 후회는 없다
인생이란
거창하게 사는 게 아니라
남에게 상처 주지 않고
서로 배려하며 사랑하는 것

남은 생애 더 나은 자취
남길 수 있기를 소망하며
찬란했던 나의 청춘 시절을
소환하여 엷은 미소를 띠어본다

8月의 横說竪說

七月은 가고 八月이 왔다
爆炎을 내 품는
八月은 여름과 가을 사이

八月은
맑은 별을 볼 수 있고
陰曆 七月七夕날엔
烏鵲橋를 건너 牽牛와 織女가
서로 그리던 任을 만나
一年 동안 쌓였던 懷抱를 풀고
아쉬운 離別도 하는 달

이 나이 되도록
무엇 하나 내세울 것 없이
退色한 百日紅 잎이
떨어지는 것만 보아도
내 마음 앞섶에는 虛傳함과
찬바람이 일고 每日같이
焦燥 해 지고 虛妄 해 지니
나이 탓일까 福에 겨운 응석일까

颱風 카눈이 北上하고 있다니
큰 被害 없이 지나가기를

마음의 길

우리네 걸어가는 길이 꽃길만 있는 게 아니라
험한 산길도 편한 들길도 강 길도 있는 것입니다
지금은 산길도 들길도 강 길도 다 지나고
마음의 길을 걸어가고 있는 구순이 명패입니다

우리가 가는 길은 영원할 것 같으나 영원하지 않고
시간과 인생은 내가 살아 있을 때 가능한 일입니다
내가 살아오면서 맺어온 모든 인연과의 이별은
내가 감당해야 할 시련이자 운명입니다

우리 건강할 때 자주 만나고
걸을 수 있을 때 좋은 추억 만들며
좋은 관계를 이어가야 하겠습니다
우리가 산다는 게 별것이 아닙니다

내가 건강해야 하고 내가 즐거워야 하고
내가 행복해야 하고 내가 살아 있어야
세상은 존재하는 것입니다
내가 이 세상을 떠나고 나면 아무것도 없습니다

연꽃(蓮花)

진흙탕 속에서
진흙에 물들지 않은 純潔한 蓮花
푸른 넓은 잎사귀는
새벽녘 이슬 통통 뛰는 놀이터

비(雨)가 오면 雨傘이 되고
여름이면 陽傘이 되어
올챙이 청개구리들의 쉼터라

蓮꽃 香氣 연못(淵) 가득
配慮로 길손을 멈추게 하고
우리네 마음도 정화시키네

蓮꽃은 여러해살이 水草
진흙탕 속에서 피어나지만
깨끗함과 强한 純潔의 表象이어라

만나고 싶은 사람

홀로 가는 인생 길목에서
평생을 함께 걷고 싶은 한 사람을 만나고 싶다
고단하고 힘든 날
마음으로 다가가면 연인도 친구도 아닌
그저 편안한 사람이면 족하리

등을 토닥여 주는 다정한 사람
부족한 나에게 위안을 주며
아껴주는 마음이 넓은 사람
기쁜 날 보다 슬픈 날
불현듯 찾아가면 보듬어 주는 따뜻한 사람

평생 마음으로 만나서
바람 아닌 구름 속으로 사라지는 날
미련 없이 함께 하늘로 훨훨
날 수 있는 그런 사람을 만나고 싶다

누구에게 말할 수도 없고

하루하루 시간 속에
그대 생각 마음속에
그리운 향기로 남는다

세월에 그리움 더 사무쳐
남산 길 걸으며 그 옛날의
달콤한 추억을 소환 해 본다

달성 화원에서 헤어질 때
부둥켜안고 울던 그 기억은
지금도 나를 괴롭히고 있다

긴 세월 지난 지금에도
그리움에 견디지 못해

밤하늘의 그대 별 찾아
헤매기도 한다는 이 말을
어느 누구에게 말할 수도 없고

추억 안고 내리는 밤비

깊어가는 가을밤에
그때 그날처럼 추억 안고
하염없이 밤비는 내리는데

밤새워 비를 맞으며
숨죽여 울던 갈대처럼 그렇게 떠난
그리움에 흐느끼는 인연의 굴레

붉게 물들지 않은 채 떨어진
낙엽처럼 그날의 추억
망각 속으로 잠재우지 못하고
이별보다 더 아픈 것이
그리움이란 것을 예전엔 왜 몰랐을까

뒤 돌아보지 말아야지...
비에 젖은 낙엽 보면
이별의 그날 다시금 생각나
흐느낄 테니까...

옛 추억 아른거린다

꽃향기 몰고 왔던 봄바람 떠나고
강렬하게 붉게 피어나는 장미의 유월

잣나무 숲에는 뻐꾸기노래 소리와
산바람에 실려 오는 풀꽃 풀 내음이
남쪽 내 고향 향기 같구나

가산성 아래 남원리 내 고향에는
보리밭 농사가 많아서 짙어진 녹음과
어울려 청보리가 익어가면

친구들과 보리 이삭 서리 먹던
그때 그 시절이 마냥 그리워진다
어릴 적 추억은 세월 가도 아른거린다

연약한 인생길

팔팔한 젊음을 자랑했던 청춘
강물같이 흐르는 세월에 흘러갔다

낙엽 되어 떨어진 나무
잎새마다 새겨진 애환을 보며

지난날이 회상하며
추억으로 생각하는 것보다

지는 낙엽 보는 가을이 있어
겸손할 수 있는가 싶구나

나의 황혼길 지난 세월에
뚜렷이 아름답고

자랑스런 모습을 남기지 못한
내 존재가 못나고

얼마나 연약한 인생인걸
지금에야 알 것 같다

내 마음대로 안 되는 것이
인생이란 걸...

청포도 사랑

팔공산 아래
내 고향 남원리에도
청포도 익어가는 7월이라네

청포도 넝쿨 아래는
그녀의 예쁜 미소가 반기던 곳
사랑을 속삭이던 첫사랑의 장소

그윽한 포도 향기 속에 맺은 사랑
그 사랑 소환되어 마음이 설렌다
그때처럼 청포도 익는 7월이라서

그리워서 찾아간
고향 남원리에는 그녀는 간곳없고
청포도 송이송이만 노구를 반기네

봄이 스승이구나

그 춥던 겨울
살짝 밀치고 찾아온 너
새싹은 싱그럽고
아지랑이 아롱거리는 봄이다

짙은 봄바람에
토라진 마음 사르르 녹고
마음속에 돋아나는 용서가
피는 꽃처럼 향기로 스민다

매화 백목련 개나리 진달래
복사꽃 만발 하니 아름다워라
봄에는 미움도 모두 사랑이어라
이 나이 되니 봄이 스승이구나

비 오는 밤

고이 잠든 사이
많은 비가 대지를 불렸다

하늘도 많이 슬프면
밤새 소리 내어 우는 것을

어둠 속에 빗소리 아우성치고
아련한 추억은 단잠을 방해하니

한 잔의 커피에 밤을 섞어
빗소리 리듬과 훌짝거리는 불면

깊어가는 여름

얼룩소 풀을 뜯고
풋대추 붉게 익어가는 여름
뜨거운 햇볕에
옥수수가 탐스럽게 익고

꽃구름 산마루에 아롱거리고
시내 맑은 물에 고기 잡는
아이들 해 지는 줄 모른다

흙냄새 나물 냄새
녹두새가 노래하는 콩밭
한낮의 열기가 식어 가고

뻐꾹새 슬피 우는 노을 아래
여름은 깊어만 간다
호박꽃 피고 까치가 우는 여름

내 고향

팔공산 기슭 아담한 산골 마을
조상 대대로 지켜 온 촉촉한 마을
부모님 잠들어 계신 내 고향

진달래 철쭉 만개하고
아지랑이 피어오르는 동산에
천진난만한 꿈을 심어 놓고

상경하여
밀물 썰물 세상사 견디며
어버이 나이 되니 고향이 더 그립네

낮이나 밤이나
그리운 내 고향
보고 지고 온통 부모님 생각뿐이네

당신의 향기

함께 온 삶을 펼치어
당신을 앉혀보는 마음

숲속을 거닐며
당신이란 들판을 걷는다

가슴에는 아린 시간들
어둠이 지나도 꺼지지 않네

오늘도 환상을 달래며
찾아오는 당신의 향기가

그리움에 젖어 물들면
흐르는 물소리마저

마음 따라 흐르고
가슴에는 안타까움만 남는다

이치 이치

석양도 구름을 잘 만나야
더 아름다운 노을이 되고
비 오다가도 그치면
구름 한 점 없이 맑은 날 되듯

살다 보면 슬픔도 괴로움도
겪고 난 후에야 깨닫는 이치
우리네 인생사가 그렇지

마음도 이와 같아서
사랑 겸손 감사를 담고 살면
남들로부터 대접받는 이치
너도 알고 나도 아는데
어째서 밖은 이리도 소란할까

허리를 잡는구나

천천히 가고 싶은데
기다릴 여유조차 없이
빠르게 재촉한 세월에
빨라서 얻은 것 보다
놓친 것이 더 많은 아쉬움

가던 길 멈추고 주위를 보니
아름답고 고운 것도 많은데
서둘다 모두 놓쳤구나
이제라도
하늘도 보고 꽃도 보고
밤하늘의 고운 달도 보련다

그리운 사람에게
사랑했노라 손 편지도 쓰고
여행도 하면서 천천히 가고 싶은데
구순이란 숫자가 허리를 잡는구나

두 눈이 흐리다

애장왕 때 창건된 파계사

노을 지는 산사에
하루해 저문 풍경이 펼쳐진다

뎅그렁 뎅그렁
풍경소리 초연히 스며들어

찻잔을 살며시 놓고
아버지의 옛 모습을 생각하니

차향에 취했나
꽃 향에 취했나 두 눈이 흐리다

사람의 향기

꽃은 저마다 향기를 풍깁니다

사람도 꽃과 마찬가지로
백리향 만리향이 있습니다

진솔한 마음이 담긴 따뜻한 말
사랑이 가득 넘치는 말은

그 향기가 멀리멀리 갈 뿐만 아니라
그 향기 풍김이 오래오래 갑니다

사람에게서 풍기는 인격의 향기는
말하지 않아도 바람이 없어도 진합니다

아내 없는 빈자리

단둘이 살다가
요양원에 보내고 나니

집에 돌아오면
아내 없는 허전함에
벽에 걸린 사진과 대화하네

창밖 대추나무 까치
내 마음 위로 하느라
분주히 오가며 노래 부르고

창문 틈 찬바람은
더 허전하고 쓸쓸한데
솜털 같은 하얀 눈은 와 내리노

있을 때 잘하자

처음엔
뜨거워서 못 마시겠더니
마실만 하니 금방 식더라

인생도 마찬가지
식고 나면 후회할 터이니
열정이 있을 때 결실을 맺자

효도 마찬가지
부모를 알 때쯤
부모는 아프거나 곁에 없더라

흐르는 강물도
흐르는 시간도 잡을 수 없으니
우리 서로 있을 때 잘하자

진실한 우리

타향에서 우연히 만난 우리
백년 천년 지기가 아니면 어떠랴

친구가 기쁠 때
같이 웃으며 기뻐하고

친구가 아플 때
함께 울어 줄 마음 하나면 족하지

진솔하게 마음 통하면
가진 것 있고 없고가 뭔 상관이랴

우리 그런 마음으로
서로의 언덕으로 살아 가자꾸나

첫정의 흔적

비가 내리고
내리는 빗방울이 발길에 차인다

가던 길 멈추고 그대 생각
지우려고 애를 써도 지워지지 않는

깊어진 초동의 인연
그대와의 옛 추억이 지워지지 않네

보고 싶고 또 보고픈 그대
내 아린 가슴에 끌어 담고서

또 오늘을 마감하며
그리움 살아질 날은 멀기만 한데

멋진 그대

건강하고 아름다운
황혼 길을 향해가는 그대

그대의 모습이
너무 좋아요

그대의 인생은 지금부터라는
마음으로 자신을 가지고

더욱 힘이 솟는 활기찬 모습을
보여 주셨으면 해요

또한 그대가 더욱 건강하고
늘 즐겁고 행복했으면 참 좋겠소

비는 계속 내리고

사랑 비가 내리고
나는 창가에 앉아서
그대의 미소와
커피 향에 취해 있습니다

창밖의 빗소리는
우리 사랑 노래이고
비 오는 날 사랑은
마음속에 근심을 지웁니다

사랑 비는 계속 내리고
나는 이 비에 취해가고...

추억 한 스푼

봄비가 촉촉이 내리면
진한 커피 한잔 마시고 싶다

기억나는 그리움은
외로움 되어 봄비처럼 내린다

기억 한 스푼으로
멍하니 삼키는 커피 한잔

비처럼 추억처럼
가슴 밑동까지 파고든다

추억 한 스푼으로
한 잔의 그리움을 마신다

달빛의 그리움

달빛이 환하게
그리움을 비추고

불어오는 바람은
사랑 노래 같고

달빛에 걸친 사랑의 씨앗이
그리움을 낳았네

그대 생각에 환하게 비친
달빛에 그리움이 더하고

그대 보고픔에
눈물이 가슴 적신다

당신과 같이

당신과 함께
자그마한 행복이라도
함께 하고 싶습니다

우리 함께
한 세상 사는 동안

얼마만큼 살
시간이 남았는지 모르지만

지금 같이
늘 기분 좋은 삶이
이어지길 소망합니다

참 꽃

불어오는 산들바람
풍겨오는 향긋한 내음에

마음을 적시고
발걸음 멈추게 하네

뒷산에 참꽃이 만개하여
산야를 붉게 물들이니

그님과 걷던 그 꽃길
가슴 설레게 하네

아! 곱고 예쁜 참꽃밭에서
그대와 살고 지고 하노라

어머님

어머니~
불러 봐도 그리움만 쌓이고
쏟아지는 눈물 그칠 줄 몰라라

후회인가
그리움인가

세월 흘러
어머니 나이 되어도 난 철부지네

3부

고운 단풍처럼

가을을 再促 하는 비 / 시월의 마지막 날 / 고운 단풍처럼 / 늦가을 인연 / 쓸쓸한 가을 / 서산에 해 떨어지기 전에 / 소중한 사람 / 무작정 가고 싶다 / 시월이 오면 / 늘 읽는 편지 / 꽃 피던 시절도 / 낙엽 보면 허무하다 / 외로운 밤 가을밤 / 늦은 가을비 / 가을을 보낸다 / 능소화 / 가을이 오면 / 낙엽을 밟으며 / 쓰다 버린 편지 / 쓸쓸한 가을밤 / 이별 / 떨어진 낙엽 / 코스모스 / 가을 연가 / 가을이 분다 / 겨울 속에 / 가을은 갔네 / 겨울밤 / 낙 엽 / 멀어지는 가을 / 가을 이별

가을을 再促 하는 비

밤비가 내린다
하염없이 가을을 再促 한다
속절없이 흐르는 時間
그리운 얼굴이 밤비에 生覺 난다

밤의 빗소리는
외로운 사람에게 孤獨을 안겨 주며
외로움에 머물며 自身을 돌아보게 하며
世上과 人生을 새롭게 私有할 수
있게 하는 큰 膳物이기도 하다

人生은
어차피 혼자 와서 혼자 가는 것
내 앞의 時間과 孤獨과 싸워내는 것

아름다운 季節 가을을 기다리며
밤비 내리는 소리 들으며
人間은 靈魂과 肉體를 가지고 誕生하였기에
平和롭게 숨 쉬며 生覺 할 수 있는 祝福에 對하여
하나님과 父母님에게 限 없는 感謝를 드리는 밤

시월의 마지막 날

벌써 시월의 마지막 날
똑같은 자리에서 쳇바퀴 돌다 보니
어느덧 황혼 길에 접어든 허허로움

겁 없이 험난한 세상 뛰어들어
바삐 살다 보니 머리에 흰서리 내리고
안면에는 골 깊은 주름만 가득하구나

5.16과 함께 36년간의 공무원 생활 마감한 후
이제 제2인생 마무리 단계라서
그저 휑한 바람과 고독만이 벗이구나

가을날의 광암호수 공원
누렇게 변한 벚나무 잎 은행나무 잎
갈바람에 한 잎 두 잎 떨어지는구나

저 낙엽들 지금 내 모습 닮아
쓸쓸함에 불을 지피구나
잊혀진 계절 들으며 달래고 있는 길

고운 단풍처럼

시월도 절반이 지나
가을은 점점 깊어만 가고
드높은 가을하늘에 떠 있는
흰 구름 파란 하늘의 빈틈을 채우네

그악스럽게 울어대던 매미 소리
풀벌레 소리가 대신하여 요란한 가을

4계절 기상이변으로 여름 겨울만 뚜렷하고
봄가을은 짧아 느낄 만하면 떠나지만
계절은 어김없이 자리바꿈하고
살갑던 인연들 하나둘 천상으로 옮겨가니
하늘과 땅 사이가 점점 멀어만 가는 황혼 녘

가을에 잘 물든 아름다운 단풍이 되느냐
구겨진 추한 가랑잎이 되느냐 돌아보는 계절
어차피 맞을 가을이니 저 단풍처럼 노년도 곱기를

늦가을 인연

황 국화
바람에 터지는 향기로
곱게 맺어진 인연

설악의 단풍처럼
붉게 물들어 깊어지는 가을
잔잔한 가슴에 찾아온 인연

그녀와의 달콤한 속삭임
미처 몰랐던 행복을 수놓으며
가슴 뜨겁게 타오르는 사랑

사랑한 적 없었던
희망 꽃이 활짝 피고
날마다 행복한 추억 만들며

좋아하는 별을 보고
사랑이 영글어가길 소망하니
긴 밤도 아름다워라

눈 내린 겨울밤에도
뜨겁게 솟아나는 사랑
가슴속 가슴속으로 번진다
조용히…

쓸쓸한 가을

가을은
멀쩡한 사람의 마음을
한없이 쓸쓸하게 한다

지는 낙엽도
부는 바람도 내리는 비도
나이가 들수록 그렇고 그렇다

가만히 있어도
눈물이 나고 바라만 보아도
사색이 많아지는 몹쓸 계절

다가오는 것 보다
떠나는 것이 많아서
저문다는 것에 애잔함이려니

온갖 꽃 피우고
온갖 새들이
놀다 간 푸르던 숲속이건만

하나둘
갈색 옷으로 갈아입고
끝내 한 잎 두 잎 떨어지는 표정들

산다는 것은 무엇이며
삶이란 무엇인가에 대하여
깊어지는 것은 어쩔 수 없는 나이겠지

젊을 때는
젊은 줄 모르고
사랑할 때에는 사랑인 줄 몰랐다

삶의 뒤안길 더듬으니
후회스런 일도 많다만
묵묵히 걸어온 길 위에 핀 노송

가을꽃을 보노라면
지난날들의 추억들이
주마등처럼 뇌리를 스쳐간다

서산에 해 떨어지기 전에

그냥
나의 친구가 되었다는
사실 이것만으로 기쁘다

내 곁에 머무는 동안
깊은 우정을 건네준
든든한 자네 있어 그냥 기쁘다

진정한 우정은
세월이 지날수록 더 아름답고
시간이 흐를수록 더 살가워졌다

살아가면서
서로에게 마음을 열고
의지가 되는 자넨 참 좋은 친구

아프고 어렵고
가난하고 외로운 날에도
우정은 더 돈독 해지는 자네와 나

우리 이제 황혼이다
서산에 해 떨어지기 전에
자주 만나자 그리고 많이 웃자

소중한 사람

계절의 깊이를 담아
한 움큼 그림으로 피어나는 가을하늘

산바람에 꽃향기 내게로 와
마음속에 스며드는 향기로운 그대

그리운 마음 주체 못해
코스모스길 따라 뛰어다니고 싶다

노을 지고 고요한 밤이면
끝없이 더욱더 그리워지는 그대

보고 싶고 또 보고픈 얼굴 되어
속내를 밤새워 태울 행복함 갖고 싶고

그대의 말 한마디에 힘을 얻고
따뜻한 말 한마디에 그냥 녹아지는

이 가을 깊도록 정담을
나눌 수 있는 더 없는 그대가 그리운 계절

무작정 가고 싶다

가을은 고향에도 왔겠지요
자그마한 산기슭 팔공산 골짜기
어릴 적 꿈이 서린 아름다운 곳입니다

그리운 동무가 있고
아련한 추억이 손짓하는
고향에도 가을은 왔겠지요

어머님의 포근한 품속처럼
정겨움 넘실대는 그리운 산야
생각하면 할수록 가슴이 아립니다

뒷산엔 오색단풍
마당엔 튼실한 감나무
감탄사 절로 나는 그리운 고향

아!
늙어가는 탓인가
무작정 가고 싶다 그냥

시월이 오면

시월이 오면
누군가 그리워지는 계절
지는 낙엽에도
외로움을 느끼는 계절
커피 한 잔에
고독을 섞어 마시는 계절

갈비 오던 어느 날
남산 아래
희미한 불빛 카페에 앉아
"잊혀진 계절"과
"산들바람" 가곡을 들으며
눈물 글썽이던 그대여

잊지 못해 가슴 아파하던
그 사랑을 빛바랜 낙엽 속에 묻고
살포시 불어오는 갈바람에
마주한 고독을 떨치려는 안간힘은
황혼 길에 맞닥뜨린 숙명이겠지요

늘 읽는 편지

어느 가을날
그대와 같이 걷던
추억어린 남산 길 읽습니다

흐린 날에는
그대 그리움을 읽습니다

화창한 날에는
그대 웃던 모습을 읽습니다

오락가락 비 오는 날에는
그대의 기다림을 읽습니다

바람 부는 날에는
그대의 긴 머리카락을 읽습니다

살아오면서
두고두고 읽는 이 편지는

사랑하는 당신을 향한
간절한 기도임을 아시는지요

꽃 피던 시절도

코스모스
곱게 핀 언덕에
가을바람 불어온다

꽃향기
실려 오면
향기 따라 찾아들던 그 여인

어느
해 지고 달 뜬 초저녁
그 언덕에 마주 앉은 우리

꽃 꺾어 머리에 꽂아 주며
사랑을 속삭였던 아릿한 사연이

세월 가도 잊히지 않는
화석 되어 가슴을 누르구나

눈물 나게 사랑했던 열정도
다정스럽고 고왔던 사랑도

긴 세월에 강물 되어 흐른다

낙엽 보면 허무하다

달 밝은 만추의 밤
귀뚜라미 슬피 우는
소리에 잠 못 이루고

달빛 아래 낙엽 길 따라
두 손 잡고 거닐던
지난날의 추억이 그립다

달 밝은 이 밤
저 달은 그 사람보고 있겠지
보고 있거들랑 소식 좀 전해 주오

이곳은 낙엽이 쌓이는데
추억 담긴 그곳에서도
낙엽은 쌓이는 지요

구름에 달 가듯
황혼빛에 물들어 떨어지는
낙엽의 헛헛함에 느끼는 허무

외로운 밤 가을밤

달 밝은 쓸쓸한 밤
별들도 잠든 낙엽 지는 계절
풀벌레 슬피 우는 소리
바람에 낙엽 지는 소리에

지난날
화려 했던 추억에 잠겨 본다
달빛 아래
그 사람과 같이 거닐며
정담을 나누던 추억의 그 길

밤은 깊어
귀뚜라미 울어 잠 설치지만
이 가을 지나고 나면
긴긴 겨울 찾아오겠지
차디찬 눈보라 잔뜩 지고서

늦은 가을비

깊어가는 가을
시월의 셋째 주말
잔뜩 흐린 잿빛 하늘이 운다

소매 끝에 떨어진 빗방울
임의 눈물인가 살며시 훔쳐낸다
가슴에 스며드는 방울방울 그리움
가랑잎 떨구는 찬비에 떨고 있다

만산에 홍엽으로
꽃피웠던 가을도
순환에는 어쩔 수 없는 이별

가을은
이렇게 추억을 남기고 조용히
떠날 준비를 하는 고독한 지금

가을을 보낸다

하늘은 푸르고 드높아
흰 구름마저 아름답구나

풍기는 향기로
마음의 설렘 달래주듯

찬바람이 단풍잎 낙엽 되어
찬바람에 한잎 두잎 떨어지면서

가을은 많은 추억을 남기고
떠날 준비를 하는구나

무정하게 지나가는 세월에는
어쩔 수 없네요

최희준 부른 노래 " 길" 부르면서
떨어지는 낙엽 밟으며 가을을 보낸다

능소화

언제 오시려나
기약 없는 그리운 님
기다리다 곱게 핀 능소화

비 오는 날 빗물을 눈물인 양
머금어 곱게 핀 꽃

수줍은 주황빛으로 담장에 매달려
고운 모습으로 사랑 노래 부른다

별빛 고요한 밤에
내리는 찬 이슬 머금어

그리운 님을 기다리며
아름답게 핀 능소화

풀벌레 슬피 우는 깊은 이 밤
그립고 보고 싶은 님을 기다리는

가을이 오면

가을이 오면
떨어지는 낙엽을 밟으며
그대와 속삭이던 사랑의
옛 뒤안길을 서성인다

외롭고 고독한 영혼이라서
가슴 시린 사랑 이야기란
아쉬워 떨구지 못하는
갈바람에 잎 새 같은 것

애타는 간절한 사랑도
가을 앞엔 어쩔 수 없나 보다
생을 마감하는 낙엽도
서러워 떨고 있느니...

낙엽을 밟으며

가을바람에 스치는
마지막 남은 잎새 보며
잊지 못할 추억 소환 해본다

푸른 잎도 나처럼
나이 들어 낙엽 되니
가을 앞엔 어쩔 수 없구나

생을 마친 가련한 낙엽
사람들로 짓밟혀
서러워 우는 늦가을에

풍요롭던 지난날의
나 그리고 가을은 닮아서
어떤 이야기도 서로 공감하네

쓰다 버린 편지

귀뚜라미 슬피 울어
깊어만 가는 달 밝은 이 밤

단풍같이 짙게 물들었던
그대와의 사랑 몹시 그리워서

가슴속 깊이 빨갛게 익었던 사랑
부치지 못하는 사랑의 편지

쓰다 찢고 또 쓰다 찢어 버린
편지 조각 땅에 떨어지는 것이

고왔던 단풍잎
낙엽 지는 처연 같아 먹먹하다

쓸쓸한 가을밤

가을바람에 풍겨오는 꽃향기
잠 못 이루는 추야 기나긴 밤

당신을 요양원에 보내 놓고
외톨 되어 떨어져 살고 있기에

가을 향기 짙어 갈수록
당신의 그리움은 더해 갑니다

창문 틈으로 비치는
싸늘한 갈바람 어린 달빛이

가슴을 헤집어
추야장 기나긴 이 밤이 더 쓸쓸한...

이별

벽에 한 장의 달력이
앙상하게 매달린 채 있구나

저물어 가는 임인년
온갖 이야기를 남기고

아쉬움의 그림자
고운 노을 속으로 멀어져가네

임인년 해돋이 찬란하더니
사라지는 마지막 노을도 아름답구나

이제 이별의
인사를 해야겠다

수고 많이 했다 임인년
덕분에 일 년 내내 행복했다

떨어진 낙엽

떨어진 낙엽
너무 고와서 주워보니
한 컷 한 컷 그날의 추억들
바람에 실려 오는 아련한 목소리
잊힌 시간 속에 빛바랜 사진처럼

그녀의 체온과 표정이 새겨진 듯
소중한 흔적 간직된 지난 세월
갈바람에 고운 낙엽은 흩어지는데
이 그리움만 영원히 잊히지 않으리

코스모스

광암 호수공원 산책 변
코스모스 만발했구나

여러 의상으로 단장하고
긴 허리 추슬러 곱고 청순하다

온종일 허리 굽혀
산책객에게 인사하는 살랑살랑

가을이 깊어
며칠 있으면 상강이라

차디찬 바람이 일면
생을 마감하며 떠나는 뒷모습

내 어찌 볼 수 있으랴
마음이 아파서...

가을 연가

가을 하늘엔
목화송이 닮은 뭉게구름 떠가고
황금빛 들녘엔
영글어가는 가을 노래 출렁인다

동리 입구엔
코스모스 한들거리는 유혹에
덩달아 뜨거운
빨간 고추잠자리 업고 논다

만산엔
단풍잎 울긋불긋 고우니
가을 향기에 취한
시인의 가슴엔 행복만 소복하다

가을이 분다

가을이 분다
살랑살랑 꽃바람이
울긋불긋 곱게 단장한 단풍잎

단풍 내음 풍기는 잎새는
가지마다 대롱대롱
떨어지지 않으려 애를 쓴다

윙 윙 부는 바람에
그 곱던 단풍잎 흔들리다
한 잎 두 잎 떨어지네

수북하게 쌓인 낙엽 길
그대와 함께 한없이 걷고 싶다

겨울 속에

가을이 떠난 겨울 속에
다시 가을을 만나는 나

얼핏 남은 가을이
서럽도록 아름다워서

반짝이는 별빛
그 풍경 속으로 걸어 들어간다

거저 주는 자연에게
침묵으로 감사하면서

갈색 커피 한잔 들고
그대와 함께 걸어도 참 좋은

오늘은 그런 겨울 속 가을날이다

가을은 갔네

가을은 가네
구순이란 숫자만 남겨놓고
가을은 아무 말 없이
조용히 가버리네

가을은 저만치 가네
고운 단풍 책 속에 꽂아놓듯
푸른 청춘 회한에 묻어두고
가을은 저만치 가버리네

가을은 갔네
골진 가슴에 눈발이 휘날리네

겨울밤

겨울비가 내린 대지 위
하얀 눈 내려 눈부신 날
더 진한 그리움에 멍한 어둠

지나간 시절
당신과 함께한 추억이
아련히 떠오르는 이 밤

당신 없는
외톨이 되어
잠 못 이루는

깊어만 가는
긴긴 겨울밤
당신이 너무 그리운 밤

낙 엽

누런 낙엽 되어
서럽게 방황하는 네 모습

바람 불면 부는 대로
떠도는 애처로운 네 운명

무심한 발걸음에
부서지는 네 모습

지난 가을 화사했던
곱고 고운 자태 사라져

텅 빈 거리에 쓸쓸한
갈색 추억만 남겨놓는

멀어지는 가을

점점 멀어지는 가을
낙엽에 쓰는 노란엽서

쓸쓸한 그리움이겠지

이별의 강이 흐르듯
가을은 아름답게 멀어져 간다

떠나는 가을은 야속하지만
나는 붉은 동백꽃을 사랑하련다
이제부터…

가을 이별

만산의 홍엽
자랑하던 그 자태에

낙엽 되어 떠나는 가을 햇빛
작별 인사하며

단풍으로
마지막 불꽃을 태우고

나뭇잎마저 떨 군 낙엽송들
이제 발갛게 벗은 맨몸으로

내년 봄이
오기를 기다린다

4부

눈 속에 그대와 함께

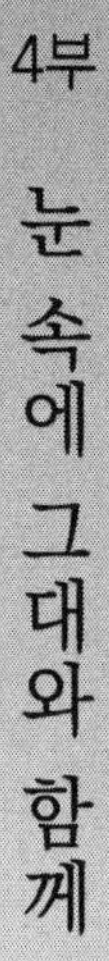

늦가을

산들바람 불어선가
마음이 따라 서성인다

앞집 뒷들의 감나무 위
까치 노랫소리 심상한데

온다는 그녀가 오긴 오려나
보고 지고 그리움이 더 하네

오색단풍 바람에 일렁이니
오가는 걸음 모두 그녀 발소리

만 추

울긋불긋 오색 단풍
야단스레 꽃불 놓더니

빛바랜 낙엽
가을바람에 날리고

머지않아 이별을
고할 마지막 잎새들

봄 찾아왔던 제비들
따뜻한 강남으로 돌아가고

짝 잃은 기러기
임 찾아 북쪽으로 날아가네

시월은

시월은

고독을 느끼게 하는 계절

시월은

따끈한 커피가 더 깊은 계절

시월은

누군가를 사랑하고픈 계절

시월은

단풍 든 황혼을 망각게 하는 계절

시월은

이유 없이 이렇게 가슴앓이하는 계절

외로움

외로운 시간 앞에
가치관이 흔들이는 순간

걸어 온 길 아쉬움 많아
자꾸 뒤돌아보는 나이

수없이 많은
삶의 고난과 외로움

언제 그랬나 하듯
훈훈한 미풍에 눈 녹듯이

푸고 맑은 가을 하늘같이
사라졌으면...

기다림

가을은 깊어가고

붉게 물든 단풍이 곱기도 하네

하얀 솜 같은 흰 구름은

바람 따라 잘도 흘러간다

달 밝은 가을밤

귀뚜라미 슬피 울고

온다는 그 사람은 왜 못 오나

자정이 자나 밤이 깊어 가는데...

귀뚜리 울음소리

추야장 달 밝은 늦은 밤
짝을 찾아 슬피 우는 귀뚜리

너의 심정 외톨인
내 처지와 같아

슬픈 네 울음소리
님이 옆에 있어

불러주는 사랑가였다면
너도 좋고 나도 좋으련만

가을맞이

솔~솔
가을이 오는 소리
서늘하게 다가오는 향기

더위가 가기 전에
가을 소리
가을 내음
가슴 깊이 다가오니

땀으로 일군
수확의 기쁨을
가슴 깊이 들여놓으련다

황 국 화

노란 국화꽃
만발한 늦가을

풍기는 그 향기
마음을 느슨하게 하고

크게 아름답지 않아
산촌 아낙네 닮았구나

꽃잎마다 순박하여
첫사랑 순이 모습이어라

한 아름 끌어안고 노을을 보노라

커피 향기 속에서

잿빛 안개 자욱하고
한 잎 두 잎 단풍은 지고

따끈한 커피 한 잔
가을을 섞어 마신다

가을을 좋아하던 그대
커피에 녹여 마신다

바람 속으로
비껴간 그리움을

커피가 뜨거운지
훌쩍이며 마신다

겨울비

소설에
첫눈 대신 비가 내린다

얄밉게 내리는 비
임도 가을도 빗물에 흐르네

가을을 마다하고
한겨울에 내리는 야속한 속내

비 그치면 겨울이 깊고
내 그리움도 짙어지겠지

2024, 가을에 橫說竪說

시월과 함께 가을이 깊어 가네요
맞이하는 느낌이 예전 같지 않네요
앞으로 가을을 몇 번을 더 맞을까

창문에 비친 가을은 수수愁愁롭기 그지없네요
8일은 한로寒露 23일은 상강霜降이 지나면 단풍丹楓이
들고 그 뒤에는 첫눈이 내릴 것이고 그렇게 갑진년甲辰年은
물러가고 을사년乙巳年이 올 것이니 무상(無常)한 세월歲月
입이다

나무들은 추색秋色을 드러내고
성하盛夏의 진초록草綠은
엷은 갈색褐色으로 변變해가고
나무 잎새는 떠날 준비準備를 하고 있네요

꽃은 꽃을 버릴 때 열매를 얻고
강江물은 강물을 버릴 때 바다에 이른다고 했어요
나무들은 버림과 비움의 미학美學을 알고 있는 것 같이
우리네 삶도 이처럼 자연自然의 이치理致와 같다고 생각生覺
됩니다

구름은 바람 없이 못 가고
인생人生은 사랑과 정情 없으면 못 산다는 말이 있지요
사랑만 가지고는 살 수 없는 세상世上이 되었지요

돈이 사랑보다 좋다는 황금만능시대黃金萬能時代가
되었습니다만 아무리 자산資産
이 많은 사람도 저승 갈 때에는
한 푼도 가져가지 못하며
아무리 예쁘고 미인이라 할지라도
세상世上과 작별作別하게 되면
한 줌의 흙으로 돌아갈 뿐
이처럼 돈과 명예名譽와 권력權力은
구름과 같은 허업虛業 입니다

이 자연自然의 순리順理에서
우리는 미움보다 사랑을
다툼보다 화해和解의 지혜知慧를 배워야 합니다

이 가을에 오곡백과五穀百果가
익어가듯 내 마음도 그렇게 익어가면 좋겠습니다

그렇게 노을로 삽시다

父親은 87歲에 母親은 87歲에 作故하셨다
그 당시엔 많이 늙으셨다 生覺 했는데
父母님 나이를 넘어 어느새 90이 된 나

人生을 一場春夢이라 했던가
하룻밤 꿈같이 흐른 歲月 속에
잊혀진 얼굴들이 生覺나네요
情다웠던 그 눈길 그 목소리
붙잡아도 無情하게 떠나는 歲月
내가 흘려보낸 것도 아니고
내가 逃亡쳐 온 것도 아닌데
꽃다운 靑春은 아득히 멀어지고
白髮에 잔주름 검버섯 같은 虛無만...

이제 남은 餘生
쓸데없는 慾心 我執 다 내려놓고
서로 사랑하고 配慮하면서
즐겁게 當當하게 熱心히 살다 보면
후회 없는 인생이 바람처럼 흐르겠지요
家族에게 感謝하고
親舊에게 感謝하고
因緣이 된 모든 분께
感謝하고 사랑한다는 말 하면서
그렇게 붉게 타오르는 노을로 삽시다

내 人生 길에는

내 人生 길에는
便綻한 길도 險한 山길도 있었다

父母님 恩惠로 이 世上 求景나와
父母님과 이런저런 길을 걸어오다
父母님은 내 곁을 떠나시고
외톨이로 살아오면서 많은 사람과
좋은 因緣으로 함께 한 人生길에서
이제는 因緣 中 하나둘 사라지네
나 自身도 언제 사라질지 모르지만
내 人生 길에 空虛感만 남는다

풀잎에 맺힌 이슬처럼
바람결에 사라지는
草露와 같은 우리 人生 길에
내가 살아 있는 限 좋은 因緣들과
서로 돕고 사랑하며 서로 다툼 없이
容恕하고 最大의 配慮로 살고 싶다

또한 내 人生 길에 함께 해 온
所重한 사람들에게 感謝를 전하며
恒常 잊지 않고 記憶하며 살 거다

노년의 추억과 그리움

그리움은 사랑하는 사람에
대한 기억이 대부분이나
나이가 들수록 친구와 스승과
소중한 사람에 대한 기억이 새록하다

사람은 추억을 먹고 산다고 했다
나이가 들수록 현재가 공허해지고
과거는 가까워지는 듯하다

돌아보면 누구나 어리고 젊은
빛나던 시절과 다복했던
전성기는 다시 가질 수 없는
지난 시절을 추억으로 여겨져
노년의 현실을 이겨 낼 힘을 얻는다

노년에는 미래보다 과거가 선명하여
내가 얼마나 행복했는지 더듬어 알듯이
노년의 삶은 현재의 삶 보다
과거의 삶이 더 그리워지는 나이

작은 일에도 상심하고
눈물도 많아지고 비관적이고
애절한 노래만 들어도 슬픈
노년의 삶은 그러하다

첫눈이 내렸다

週末 膳物인가 첫눈이 내렸다
昨年에는 11月 23日에 첫눈이
今年에는 11月 25日에 첫눈이다

昨年 첫눈 내리는 날에는 延禧洞
東西漢方病院에서 入院 中인
아내의 看病하느라 苦된 生活이었다
그 渦中에도 내리는 첫눈을 보니
마음은 설레고 그리움이 느껴졌다

落葉이 떠난 자리에 하얗게 덮인 눈길을
多情히 손잡고 거닐던 첫情의 追憶을 召喚한다
흘러간 옛이야기지만 해마다
첫눈 오는 날에는 그 사람 生覺이 난다

오늘은 김장하는 날

患者인 아내를 의자에 앉아 놓고
水洞老人會館에서 習得한 솜씨로
生前 처음으로 김장을 始作하는데
暴雪이 무더기로 내려 걱정하던 中
아들이 와서 거들어 김장을 마쳤다

아내에 對한 苦된 看病을 본
아들이 外地 生活 整理하고
같이 살기로 約束하고 떠나는
마음이 너무 고마웠다

壁에 걸린 한 장의 月曆을 보며
머지않아 餘裕 있는 時間 가질 수
있으리라 生覺 하며 잠을 請한다

꼭 한 번만이라도

그리움에 절은 가슴
겨울 지나 꽃 피는 봄 오듯이
그 사람 만날 날을 기다린다

따스한 사랑으로 서로 아끼고
서로 존중했던 잊을 수 없는 인연
잊으려 하면 할수록 더 그리운 사람

오늘처럼
눈이 내리면 눈 속에 피는 그리움
그 사람에게 달려가고 싶어서 앓는다

누구의 아내가 되어 있겠지
그래서 만나지 못한다면
목소리라도 한번 듣고 싶다

부모님의 극구 반대로
이루지 못한 사랑이다 만
아직 내 사람인 것 같아 잊지 못한다

세상이 사라진다 해도
내 곁에 두는 것이
단 하나의 희망이고 소망이었는데

그리운 내 고향

늦은 가을에 비가 내린다
부모님 잠들어 계신 곳
팔공산에도 내리고 있겠지

푸르던 고향 뒷동산에는
울긋불긋 물든 단풍으로
꽃동산이겠지

동명읍에서 팔공산 가는
양 길목 사과밭에는
빨갛게 익은 사과들이
주렁주렁 달려 있고

팔촌 앞마당의 감나무엔
누런 감들이 조롱조롱
동네 앞 들녘 오곡백과 익어
풍성한 고향의 모습 그립구나

아름다운 팔공산 기슭
내가 태어난
어머니 품속 같은 따뜻한
내 고향에 달려가고 싶구나

더욱 그러합니다

소복소복 하얀 눈에 이끌리어
보고 싶은 당신 모습을 그립니다
처량해 보이던 마른 풀들도
당신의 머리카락으로 보입니다

유난히 큰 까만 눈
긴 속눈썹이 더 보고 싶습니다
환하게 미소 띤 얼굴은 아니어도
내가 좋아 쳐다보던 그 모습 요

조용히 부는 눈바람은
나를 향한 속삭임 같고
앙상한 가지에 덮인 하얀 눈은
당신 손에 들린 흰 꽃송이 같습니다

내가 당신을 얼마나 그리워
하는지 아시는지요
하늘이 하얀 눈을 내리는 오늘은
더욱 그러합니다

되돌아 갈 수 없는 우리 인생

꿈 좇아 정신없이 살던 젊음이여
어느새 머리카락이 희끗해 지고

인생의 진정한 의미를 깨달을 쯤
남은 시간 별 없다는 허무가 느껴져

후회해도 소용없고 시간은 강물 같아
막을 수도 없고 되돌릴 수도 없다

가는 길 있으면 돌아가는 길이 필히
있는데 우리 인생길은 한번 가면 돌아갈 수 없다

살아가는 동안 실수도 하고 후회도 하면서
인생길을 걷고 있지요

우리는 한번 가면 돌아오지 못하는
인생길이란 걸 알면서도 그 인생길을 낭비하고 있다

너도 가고 나도 가야지

봄 오고 여름 가면
가을 그리고 겨울이 온다지

논두렁에 평생을 묻고 키운 자식
박사 되어 붓끝에 매달려 모른 채 살고
십 대 재벌 밭갈이로 신발 다 닳아지고
한 세기 못 넘고 모두 이름표 바꾸는데

힘들게 달려 나선 너와 나
한배 타고
빈손이 철없이 욕심부리다
고개마루턱에 앉아 지는 해 보고 탄식하네

네 발로 가다가 두 발로 가고
두 발이 힘들어 세 발이 되어
이산 저산 오르내리다
마지막엔 홀로 가고 마는 것을

그대의 하얀 손

지난밤부터
온 대지를 솜이불로 덮는다

아름답던 꽃 피웠던 그 자리에
하얀 눈이 소복소복 쌓인다

첫사랑 첫정처럼 그리움처럼
소복소복 많이도 쌓인다

그리움과 보고픔으로 짠
그대의 따뜻한 이불로 쌓인다

마음 시린 이 겨울
그대의 따뜻한 품 안이 그리운 겨울

나를 부르는 하얀 그대 손
함박눈이 되어 계속 내리고 있다

그리움 하나 갖고 싶다

흘러가는 세월에
내 인생 가을물 들어
쓸쓸한 문턱에서
참한 사람을 만나고 싶다

숨소리를 듣고 싶고
심장 소리를 듣고 싶다
사랑이 아니어도 좋다
작은 그리움이길 바랄 뿐

쓸쓸하고 외롭지만
가슴속 두근거리는 설렘은 있다

그래서 늘 마음 숲을 거닐며
그 숲길에서 숨어 있는 알밤을 줍듯
진주처럼 빛나는 그리움 하나 줍고 있다

서울 달을 보면서

타향살이 힘들고
고달픈 날에는 울 엄마 생각난다

조물조물 무치신 콩나물 시금치
된장찌개 그 손맛이 그립구나

겁 없이 떠나온 머나먼 서울 땅
두고 온 고향 생각에 눈이 젖는다

성공해서 돌아오겠다고 꼭 그렇게
성공해서 돌아가겠다고 약속하였건만

꿈에서나 갈 수 있는 고향
지키지 못한 약속의 그리움뿐이라니

넋두리

내 살다가 언제 떠날지 몰라도
흐르는 세월은 원망하지 않겠다
이승에서 언제 떠날지 몰라도
기쁘게 살고 싶어라

세월은 흐르는 물과 같고
늙기는 바람결같이 짧은 시간들
한순간 순간이 얼마나 소중한지
고독에 빠지지 말고 괴로워 말고

작은 기쁨도 잔잔한 사랑도
누리면서 미련 없이 살다 가고 싶어라

눈 속에 그대와 함께

잔뜩 흐린 하늘
구름에서 하얀 눈이 내린다

내리는 눈이 폭설로
어느새 소복소복 쌓인다

사랑하는 그녀와 함께
발이 묶여 갇히고 싶구나

가지 못하는 고립 속에서
사랑한다는 하얀 고백을 하며

서로의 입속에
달콤한 박하사탕으로 머물고 싶다

초겨울 문턱에서

세찬 바람이 부는 초겨울 문턱에서
추억이 그리워 구슬픈 노래 부른다

초저녁 달은 철새들 이별을 준비하고
서산에 걸린 해는 구름 속에 숨는다

세월 따라왔다 세월 따라 떠나는
발자취 세월의 빗자루가 지우고

지워지지 않을 사랑의 흔적 남기며
한 해의 마지막 노래를 부른다

희망이 키를 높이더라

조금 모자란 듯 부족한 듯
바보 같이 살면 편하고 좋은 삶인 것을

고단한 인생사지만 이해와 배려는
인간관계를 돈독하게 하더라

부족한 듯 모자란 듯
여유로운 마음으로 사니
좋은 이웃이 되더라

어울려 행복을 꾸리며
즐길 수 있는 삶으로
억지로라도 웃으니
희망이 키를 높이더라

엄마의 마음이지 싶다

고왔던 단풍잎

한 잎 두 잎
떨어질 때마다 나무는 가벼워질까

한 잎 두 잎
떠날 때마다 나무의 슬픔은 무거워질까

다 떠나간 다음엔
멍하게 알몸으로 서 있는 나무는 외로울까

봄부터
품고 길렀던 것들 다 떠나보낸 나무는

마치
정신 줄 놓친 엄마의 마음이지 싶다

첫눈이 폭설로 내린다

창문을 여니
기다리던 첫눈이 많이 내린다

내리는 눈은 117년 만에 폭설로
수북이 쌓여 온통 하얀 세상이다

첫눈이 오면
함박눈 맞으며 서로 보듬던 사람과

눈길 속에 빠지며 한없이 걷고
또 걷고 싶다

창밖에 내리는 폭설은 그칠 줄 모르고

폭 설

눈이 많이 내린다

운수리 마을에 눈보라가 휘몰아친다

마을 입구 은행나무도 흰 눈에 덮여 처져있고

흔적 없이 사라진 거리에 오가던 발자국

마을 전체가 하얀 눈 속에 얼어붙는다

세월아 빨리 가자고 벽시계는 울고 있는데

창밖 폭설은 그칠 줄 모르네 우리네 인생처럼

5부

귀한 인연

물골안의 눈꽃

함박눈 소복소복한
물골안 눈꽃 길을 혼자 걷는다

하얀 눈꽃이 아름다워
한파에도 추위를 모르겠네

홀로 걷는 길은 그리움도
기다림도 허상임에 터벅인다

함박눈을 맞으며 그녀와의
달콤했던 추억을 소환 해 본다

물골안 눈꽃은
아는 듯 모르는 듯 쌓이기만 하고

첫눈 오는 날

첫눈이 내린다
온 세상 하얗게 펄펄 내린다

섣달(12월)에 내리는
첫눈이 설렘과 사랑으로 내린다

솜사탕 하얀 눈이 입술에 닿으니
희미한 기억의 그 얼굴 겹쳐진다

눈은 소리 없이 쌓여만 가고
잊지 못한 그 사람의 그리움도 쌓이고

계절이 바뀌면

여름이 가고 가을이 오면
노란 은행잎 노랑나비 되고

가을이 가고 겨울이 오면
나비 된 은행잎 다시 낙엽 되고

시간은 조금도 쉬지 않고
살갑던 추억을 몰고 가는데

해 지고 어둠 깔리니
반짝이던 별들 달빛에 숨어 버리네

깊은 겨울밤

어둠이 내린 겨울밤
마음은 속절없이
서걱거리는 깊은 이 밤

병실에 있는 그대 향한
그리움에 눈물이 맺혀
이 노구의 마음이 시리다

서러움에 머문
내 마음 언저리에
괜스레 스며드는 고독함

앙상한 가지로
눈밭을 지키는
겨울나무 같구나

보고 싶은 어머님

보고 싶을 땐 머나먼 남쪽
팔공산 고향 하늘을 쳐다본다

그리고
어머님 사진을 꺼내어
수많은 이야기를 주고받는다

외동아들로서
효도를 다 하지 못한 불효자지만

사진 속 어머님은
아들아 사랑한데이~ 달래십니다

설 명절이 오면

살아온 나이 탓인지

설 명절이 오면 커지는 그리움

고향 뒷동산에 잠드신 부모님

같은 하늘 아래 흩어져 사는 형제자매

자랄 때 함께 뛰어놀던 옛 친구들

하나둘 셋 ... 가슴이 미어진다

이 노구의 텅 빈 가슴속에서

하얀 눈꽃

하얗게 눈꽃이 쌓인 밤
내린 눈꽃에
하얀 세상이 펼쳐지네

눈꽃에도 한파에도
따뜻한 웃음
나눌 수 있어 춥지 않네

여기
창현동은 하얀 눈꽃으로
한 폭의 명화로 걸려있다

눈 꽃

눈꽃이 많이 쌓이는 밤
많이 내린 눈꽃이
세상을 하얗게 덮었네

밖에 내린 눈꽃에
한파에도 따뜻한 웃음을
나눌 수 있어 춥지 않구나

살고 있는 창현동을
솜털 같은 하얀 눈꽃이
덮어 주니 참 아름답구나

구순에 추억 줍기

누가
좋은 시절이 있었냐 물으면
부모님 슬하에서의 학창 시절이라 답하겠다
이제
상노인이라는 소리를 듣는 나이가 되니
눈은 침침 해지고 백발이 되었지만
시절마다 좋은 추억은 있었고 말고

중 고등학교 학생 때
6.25전투가 심했던 시절
왜관에 있는 외가댁에 가서
수박 참외 먹고 모래사장에서 뒹굴던 추억
시골 논 얼음판에서 썰매 타기 등등
밤이면 큰댁 사랑방에서는
누나들은 시집갈 준비 하느라고 꽃수를 놓고
작은삼촌과 형들은 짚신을 만들고 새끼를 꼬고
우리 또래는 외가 대소간 다니며 김치 서리해가며
한밤중에 모둠밥을 해 먹던 많은 추억이 새록새록
구순을 바라보는 나이에 추억 헤집기로 밤을 잇는

외로워마라 독도야 !

독도야 !
이렇게 달려와 너를 만난다
아름답고 늠름한 자태 반갑다 반가워
홀로 얼마나 외로웠을까 상상했는데...
동도와 서도의 인연으로 나란히 형제 되어
괭이갈매기 바다제비 벗 삼아 외롭지 않았구나
묵묵히 한반도를 지켜 온 네 모습
자랑스럽고 자랑스럽다

독도야!
네 모습엔 민족의 얼이 담겨있으니
우리 민족의 표상이다
네 이름을 함부로 부르는 망언이 웬 말이냐
저들의 노략질이 호시탐탐 노리고 있으나
걱정 하지 마라 외로워 하지 마라
아비의 마음으로 견고히 지켜주마
온 국민의 힘으로 너를 지켜주마

수많은 인고의 세월 가슴에 묻고
우리 모두 하나가 되어
네 자존감을 지켜 주리
자자손손
겨레의 가슴에 영원히 피어오르도록

말 없는 경상도 남자

가정에 위기가 닥쳤을 때
뒤치다꺼리로 가정을 위해
잘해준 당신이여 고맙소

가난한 공무원의 아내로서
당신의 힘든 생활 애처로워
하루도 편한 날 없었소

말 없는 경상도 남자로
당신의 귀함을 알면서도
사랑한다는 말 못하였소

내 살아오면서
마음에서 내려놓은 적 없음을
알아주면 더욱 고맙겠소

한 올 한 올 새긴
믿음 소망 사랑으로
당신을 사랑했던 초심도 알아주오

보답 코 져 마음만은
믿음에 엇나가지 않으려 하오 아직도

황혼의 길

늙어가는 길은
한 번도 가본 적 없는 길이다
처음 가는 길이라서 감각도 서툴다
가면서도 이 길이 맞는지 하늘만 쳐다본다

소년 시절 때에 가는 길은
호기심과 희망이 있었고
청년 때의 가는 길은 설렘으로
천지에 무서울 게 없었는데
늙어가는 이 길은 너무 어렵고
언제부터인가 지팡이가 필요하고
걸어 온 길 보다 남은 길이 짧기에
한 발 한 발 걸으면서 생각해 봅니다
노을처럼 아름답기를 소망하면서
황혼 길을 천천히 걸어갑니다
해돋이보다 아름답다는 해넘이처럼
걸어가고 싶습니다 건강하게요...

떠나간 靑春

歲月은 流水와 같이 흘러
歲月과 함께 떠나간 내 靑春
하고 싶은 것 가고 싶은 곳 많았지만
살기 바빠서 靑春을 잊고 살았네

靑春을 미리 알았으면
하고 싶은 것 다 해 보고
가고 싶은 곳 다 가봤을 텐데

그 누구도 代身
살아 주지 못한다는 것을
靑春이 덧없이 떠난 後에 알았으나

이놈의 人生 西山에 걸렸으니
때는 늦어 後悔 많은 人生
아쉬운 虛無만 가득하구나

내가 살아온 길

삶에 쫓겨 빠른 걸음으로
앞만 보고 걸어왔는데
강산이
어느덧 여덟 번이나 변해
여기까지 와 버렸구나

아직 하고 싶은 일
이루지 못한 꿈 태산 같은데
내가 걸어 온 길
눈 깜빡하는 사이에 흘러갔구나

순간 빛나는
번개같이 흘러간 인생길 이젠
하고 싶은 것 좀 해보고
가고 싶은 곳도 좀 가보고

가슴속 깊이 사랑 가득 채워 놓고
깊은 정 모아모아 보살피며
그렇게 그렇게
천천히 아주 천천히 가고 싶구나

헛되고 헛되니 헛되도다

만산홍엽에
흰서리 내리듯
청춘은 옛말
나도 많이 늙어가네

타향살이 60년에
고향 벗 만나니 그도 백발
어제까지 청춘이었던 우리가
어느새 구순의 노구로 서 있네

세월은 속절없고
인생은 잠깐이어서
흘러가는 뜬구름이라
초로 같은 우리네 인생

덧없음 모르고
영원히 살 것 같이
억척으로 허덕이던 인생

한바탕 봄 꿈이었다
시계는 고장도 없이
지금도 흘러만 가는구나

오호라!
움켜쥐고 고집한 인간사
헛되고 헛되니 헛되도다

그리움

온 세상 꽃밭이 된 봄날이면
그리워지는 사람이 있습니다

첫사랑이란 것이 고래 심줄이라
도저히 제 힘으로는 끊을 수 없습니다

만나고 돌아서면 다시 보고 싶던 그녀
걸음 멈춰 멍하게 사라지는 그림자를 쳐다보던

내 가슴에 밀려오는 그리움이
구순을 바라보는 가슴을 힘들게 합니다

외로운 밤이면 달맞이꽃으로 다가오고
깊어가는 밤이면 별빛을 창을 두드립니다

그리워서 보고파서
온천지 꽃들이 미운 그런 봄날입니다

허무한 인생

우리네 삶에 있어
각기 살아가는 방법은 다르지만

돈이 많은 자와 없는 자
배운 자와 배우지 못한 자
늙어가는 것은 매 한가지지

한가락 했던 자들의
돈과 명예도 아침 이슬처럼
사라지고 마는 허무한 것

권불 십년 화무는 십일홍이요
인생일장 춘몽이라 하듯이
영원함이 없는 허무한 인생이니

살아생전에 남에게
눈물 나는 못 할 짓을 해서
생을 마감하는 날
손가락질을 받지 않아야 하겠다

늙은이의 삶

늙은이들의 삶은
생각보다 좋은 삶

마음을 비워가며 살기에
너그럽고 남들의 잘한 것만 보이고
감사하는 마음이 앞서고
세상의 모든 것이 아름답고
욕심보다 주고 싶은 마음이 앞서서 좋고
늙어보니 주는 대로 먹고
헌 옷이든 새 옷이든 편하게 입어도 좋고
시간에 구애받지 않고

오늘에 감사하고
삶이 고귀하고 아름답다는 것을 알 수 있으니
곱게 늙어가는 삶에 멋있다 인정받고 싶습니다

행복한 노년

노년의 건강은
씨름, 달리기를 잘하는 것이 아니라
아프지 않으면 건강한 것이고

노년의 행복은
돈 많고 권력이 있는 것이 아니라
괴롭지 않으면 행복한 것이다

외롭고 슬프고
짜증 나는 것이 불행이라면
마음에 병들지 않고
동심에 사는 노년이 행복한 사람이다

노년에 우리
허물없이 말할 수 있는 친구들과
황혼의 멋진 삶을 이어가려면
모두를 잃는다 해도 건강은 잃지 말기를

기다려지는 사람

나에겐 매일 매일
기다려지는 사람이 있다

행여나 내 집 앞을 지나지 않나
설레는 마음으로 현관을 열어둔다

까만 밤을 하얗게 지새우며
그리움 하나로 아침을 맞이합니다

세월이 강물처럼 흘러 노구가 되어도
변함없이 가슴에 자리하는 그 사람

그대 곁에 머물고 싶어
타는 가슴 진정시키려 해도

오늘도 술렁이는 마음이
그리움에 바삭바삭 타들어 갑니다

희망으로 내리기를

목화 솜털로 내리는 눈
차가운 땅 위를 따뜻하게 덮어 주기를

모두가 배고프지 않게
흰 떡가루로 풍성하게 내려
마치 하얀 천사의 선물로 행복하기를

가슴의 걱정거리
새하얗게 지워 버리게 하는
환한 기쁨이 되기를

더 욕심낸다면 순수한
가슴속에 사랑으로
하아얀 희망으로 피어나기를

나뭇가지 위
하얀 솜이불처럼 모두가 따뜻해지기를 …

노을꽃 활짝 피우며

저녁노을 보면 숙연해진다
석양을 닮은 내 모습 같기에

석양이 아름다운 것은 구름 덕분이고
구름은 내가 살아 온 지난함이었다

붉은 해 천지를 밝히다
저녁노을 곱게 피워 물들이듯

해 저문 강가에서
남은 세월 노을 향기 가득 품고

험한 세상 살다 보니
오염된 석양에 구름을 걷어낸다

가을인가 했더니 벌써 겨울 문턱에 서서

아프지 않으면 좋으련만

이 세상에는
가고 싶은 곳도 많고
보고 싶은 것도 많고
먹고 싶은 것도 많지만
뜻대로 살 수는 없더라

인생살이
복잡하게 살 필요 있는가
그저
하고 싶은 일 하며 살다 보면
그것이 낙이고 보람인 것을

돈도
벼슬도
명예도 살아보니 부질없고
그냥 아프지 않음이 축복이더라
내 사랑도 아프지 않으면 좋으련만

그대 생각

보고 싶다고 생각하면
더 보고 싶을까 봐
혼자서 빙그레 웃어 본다,

보고 싶고 그리워해도
마음뿐
무엇 줄 것 없으니 미안하구나

나는
그저 소중하게 아껴주는
따뜻한 사람이고 싶다

사랑은
진정한 사랑으로서만
사랑할 수 있는 것

나 혼자
조용히 두 눈 감고
미소 짓는다 그대 생각에

그렇게 흘러가는 인생

생의 여정에서

삶이 우리를 속일지라도
넘실넘실 흘러가는
강물처럼 그렇게 흐르게 두자

슬픔이나 고난이 치고 가도
올 것은 오고 갈 것은 간다는
이치에 몸을 맡기고

흐르는 음악처럼
세월에 실어 보내고
탐욕에 몸부림치지 않으리라

흐르는 음악처럼
흐르는 세월처럼
나도 그렇게 흘러가고 있느니

후회 없이 살다 갑시다

우리 인생은

바람 같은 존재

구름 같은 인생인 것을

가볍게 비우며 물 흐르듯 살라고

한번 피었다가 지는 삶이니 웃으며 살라고

덧없는 인생이기에 욕심부리지 말고 살라고

파도 같이 부대끼며 사는 삶이니

상처받지 말고 내려놓고 살라고

산 같이

바람 같이

물 같이

구름 같이 살라 하네

영영 돌아오지 않는 것

우리네 생에서
한번 떠나면 영영
되돌아오지 않는 것은
입으로 나온 말과
시위를 떠난 화살
흘러간 세월과 후회들이겠지

우리 인생도 한번 떠나면
다시는 돌아오지 못하느니
기회는 바로 지금
내일은 오지 않을 수 있으니
지금 서로 사랑하고
베풀고 기뻐하고 행복하자

혜안

외롭거나 괴롭거나
상처의 정도는 다르겠지만
극복하며 지혜롭게 사는 우리

내 아픔과 고통만
큰 걸로 알고 살아가지만
더 힘든 사람을 기억하자

살아가는 방식은 다르겠지만
모두 외로움 안고 살지

늘 좋은 일만 있을 수 없고
또한 슬픔만 있을 수도 없는 법

그것이 바로 삶이요
그것이 바로 인생인 듯

그런 한사람

차 한 잔 마시며
닫혔던 가슴 열고

감추어 온 사연 나누고픈 사람
딱 한사람 있었으면 좋겠습니다

그리운 사연 말하면
애절한 마음으로 다 들어 줄 한사람

슬픈 사연 말하면
이슬 고인 눈으로 들어주는 한사람

꿈과 희망을 말하면
꿈에 젖어 함께 행복해 하는 한사람

힘들고 험한 세상일지라도
그 한사람으로 참 행복하겠습니다

나에게 이런 그리움

외롭고 힘들 때 다독여 주는
그리움
보고 싶을 때 달려 갈 수 있는
그리움

사랑한단 말이 어색하여
바라보는 그리움
힘들 때 잠시 기대어 쉴 수 있는
그런 그리움

마음속에 꼬옥 숨겨둔
가슴앓이라도
빨간 그리움으로
내게 있으면 좋겠다

그대와의 인연

없어서는 안 될 인연
태풍에도 꺾이지 않을 인연

내가 아끼며 사랑하는
소중한 인연이여

내 삶이 다 할 때까지
오래오래 함께 할 사람

그대가
늘 건강하고 행복하기를
잠을 줄이며 빈다

어디론가 훌쩍

상쾌하게
훈훈한 바람이 불어온다

새로 돋은 수양버들 사이로
연초록 봄바람이 불어온다

바람결 따라
수양버들이 살랑살랑 춤추며

나부끼는 버들가지 따라
어디론가 훌쩍 떠나고 싶다

귀한 인연

세상사 굽이굽이
삶의 끝자락에서

수많은 사람 중
어찌어찌 맺어진 인연

기대고 의지하기에
더없이 귀한 인연

마주 앉아 웃던 모습
멀리 있어 볼 수는 없지만

진실한 마음 나눌 수 있는
귀한 친구여 잘 지내시기를

평설

인송 복재희
문학평론가 시인 수필가

소년少年의 감수성感受性으로 빚은 구순九旬의 소묘素描들
- 청산 최윤호 시집 『동반자』 론

소년少年의 감수성感受性으로 빚은 구순九旬의 소묘素描들

- 청산 최윤호 시집 『동반자』 론

인송 복재희
문학평론가 시인 수필가

1. 프롤로그 ― 詩人은 늙어도 詩는 늙지 않는다

쌀을 한 바가지 퍼서 밥을 짓는 것은 문장이 되는 것이지만, 밤하늘의 별을 한 바가지 퍼서 밥을 짓는 것은 시詩가 된다는 필자의 어록을 청산 최윤호 작가님은 이미 알고 계신다.

이번에 상재하시는 『동반자』 시집은 청산 선생님의 구순九旬이란 나이와는 무관한 푸릇푸릇하면서도 다감한 시어들의 향연이 150편 족히 넘는 분량으로 서정시抒情詩의 언덕 위에 우뚝함으로 다가온다.

이는 작가의 지난한 시적 훈습薰習과 어쩌면 고독한 일상에 시詩를 친구나 연인으로 삼았으리라 유추되는 작품들이다.

먼저, 필자가 만난 상당히 젊으신? 청산(호) 작가의 시집 『동반자』를 상재하심에 진심으로 축하드리며 옥체강녕 하시어 더욱 시작詩作에 열정을 다하시길 바라면서 시론에 들어선다.

길을 떠나는 운명이 시인의 몫이다. 머물러 있으면 의식이 부패하고 떠나는 방랑의 탐색에 끝이 없는 나그네의 길이 시인의 사명이 될 때, 밝은 표정에 시적 무게가 담겨지는 이치를 간파한 청산 최윤호 작가의 시는 정지태가 아니라 유동적인 흐름에 자의식을 대동하고 오늘의 자리에서 자연과 대화하며 미래로 길을 만드는 점에서 유다른 시인이시다.

그의 작품에는 유독 그리움이나 사랑 그리고 자연의 변화를 노래한 작품들이 번다繁多한데 이는 작가의 다감한 심성과 무관하지 않다고 생각한다.

그런 이유에서일까 그의 시는 —인간 사랑의 본질에서 사랑과 그리움은 동시적인 상징에 소속되는 유기적인 관계라는 점을 발견하게 한다.

이런 기저基底 위에서 최 시인의 시는 여러 갈래로 분기하는 정서가 계절이나 꽃 등 다양한 변화로 이루어져, 그 변신의 표정들이 고아高雅하다.

이제 화자의 시의 숲에 들어 그의 인간애人間愛를 발견하고 흠씬 울어도 좋은 작품 중에 이번 시집의 시제詩題인 「동반자」를 만나보자.

"여보!
비 내리는 것 좀 봐요

당신이 좋아하는 비가 내리고 있소
당신은 요양원에 있고
나는 창밖을 보고 있고
당신은 나를 모르고
나는 아직 당신을 그리워하고
정녕 누가 더 가여운 것일까

늘 운전 조심하고
남에게 추하게 보이지 말고
당당하게 처신하라던 그대 잔소리가
경전처럼 소중해지는 나는 지금 외롭소

나는 텅 빈방 안에 동그마니 있고
당신은 죽음의 학교에서 줄을 서 있고
누가 더 고독한지
창밖에 빗줄기가 나 대신 울고 있소
당신이 좋아했던 비는 하염없이 내리고
나는 살갑던 당신을 추억하는 긴 밤이구려"

-「동반자」 전문

아내를 요양원에 둔 화자의 감정이 처연凄然으로 다가오는 작품이다.

화자의 작품 중에는 병든 아내에 대한 아픔이 녹아있음을 상당수 발견하게 되는데 이는 요즈음 사랑의 표현처럼 인스턴트적인 감정이 아니라 고통을 함께 나누지 못하는 지아비의 고뇌를 안으로 다스리는 절제와 감내하는 마음이 절절하게 표현된 작품들이라서 독자들에게 감동을 전하리라 확신한다.

위 작품, 첫 행에 "여보!"라고 시작함으로써 아내를 시적 종자로 삼은 작품임을 감지하게 한다.

비를 좋아했던 '아내'를 요양원에 두고 비를 바라보며 건진 수작秀作이며 독자들로 하여금 쉽게 다가서게 하는 배려 있는 작품이다.

"당신은 요양원에 있고/나는 창밖을 보고 있고/당신은 나를 모르고/나는 아직 당신을 그리워하고/정녕 누가 더 가여운 것일까" 2연을 옮겼다.

필연으로 만나서 어려운 시기를 함께 극복하며 아들자식 낳아 잘 성장시킨 아내가 요양원에서 호스로 식사하며 명줄을 잇고 있는 상태이니 구순九旬에 맞닥뜨린 격정의 깊이가 얼마나 벅찰까에 숙연해지는 대목이다.

그래서일까? 화자는 허공에다 묻는다. "정녕 누가 더 가여운 것일까"라고.

아내의 처연 앞에 어찌할 수 없는 지아비는 건강했던 아내의 챙김을 경전에 비유하는 상당함을 3연에서 회상한다.

"늘 운전 조심하고/남에게 추하게 보이지 말고/당당하게 처신하라던 그대 잔소리가/경전처럼 소중해지는 나는 지금 외롭소"라며 지아비에 대한 아내의 잔소리를 '경전'에 비유하는 시적 상당함을 보여준다.

마지막 4연은 화자의 시적 표현이 서정시에 언덕임을 감지하게 하는 수준 높은 발상을 만나게 된다. 시인은 늙어도 시는 늙지 않음을 명징하게 보여주는 대목이라 하겠다.

"나는 텅 빈방 안에 동그마니 있고/당신은 죽음의 학교에서 줄을 서 있고/누가 더 고독한지/창밖에 빗줄기가 나 대신 울고 있소/당신이 좋아했던 비는 하염없이 내리고"라는 표현이다. —詩人은 직면한 상황이 한계상황일 때 시의 깊이는 깊어지고 철학의 깊은 근원에 도달하는 것이다.

창밖에 빗줄기는 내리고, 화자는 텅 빈방에 동그마니 홀로 앉아 있는 무채색 그림이 펼쳐지는, 삽상颯爽하기 그지없는 표현에 미소가 번진다.

위 작품을 접한 독자들이나 필자 역시 아내의 쾌유를 위해 두 손 모으며 작품 「당신은」을 소개하고 넘어간다.

"이 세상엔

하나의 태양밖에 없듯이
내 가슴 속에 핀 한 송이 꽃

살아온 모든 것
살아낸 모든 것은
곁에서 굳건히 지켜 준

고마운 사람
참 고마운 내 사람
당신 덕분이었습니다

다시 태어나도
오직 한 사람
당신만을 위해 존재하겠습니다"

-「당신은」 전문

2. 친구야! 자주 만나자 그리고 많이 웃자

시인은 천형天刑을 지고 가는 순례자巡禮者이다. 한 편의 시를 맞이하기 위한 시인의 노력은 항상 기도하는 마음으로 청정하고, 순수를 만들기 위해 헌신하는 자세를 가질 때, 시의 모습은 현신現身하기도 하지만 이내 사라지는 신기루의 대상 앞에 선 사람이 바로 시인이다.

시인은 자아를 발견하기 위해 처절한 운명에 맞서거나 때로는 순응하면서 자아와 세계를 연결하기 위한 방법으로 우주와 인간의 질서에 순응하는 방법을 모색하면서 신과 가까운 선을 추구하며 또한 일상사를 수식하는 원정園丁의 임무도 함께 수용하여 상상력의 여정을 소화하는 사람이다.

시인의 임무는 단순한 언어의 기술사가 아니라 신의 언어를 대신하는 사람일 수도 있다 하겠다. 다시 말해, 시인은 언제나 조용하게 인간의 심성을 순화하려는 책무를 소명의식으로 지녀야 하기 때문이다.

1990년대 이후 잡지의 자유화 물결이 일어나게 되니, 쉽게 문인의 길로 접어들 수 있어서 여기저기 시인이란 완장腕章은 요란하지만 시인의 길이 천형天刑이라는 인식은 얼마나 알까에 이르면 시인은 많은데 詩다운 詩는 고갈枯渴되어감에 아쉽기가 그지없는 현실이다.

길을 나서면 수많은 밥집이 있지만 담백하고도 깊은 어머니의 손맛은 만나기 어렵다는 비유로 현재 처한 순수문학의 현실을 마주함에 몹시 안타까워하던 차에, 현란하지는 않지만 미소년의 감성을 지닌 참신한 시집 「동반자」 원고를 접할 수 있어 무척 행복하다 전하고 싶다.

다음 소개할 작품은 화자의 우정의 철학을 엿볼 수 있는 작품 「서산에 해 떨어지기 전에」를 만나보자.

"그냥

나의 친구가 되었다는
사실 이것만으로 기쁘다

내 곁에 머무는 동안
깊은 우정을 건네준
든든한 자네 있어 그냥 기쁘다

진정한 우정은
세월이 지날수록 더 아름답고
시간이 흐를수록 더 살가워졌다

살아가면서
서로에게 마음을 열고
의지가 되는 자넨 참 좋은 친구

아프고 어렵고
가난하고 외로운 날에도
우정은 더 돈독 해지는 자네와 나

우리 이제 황혼이다
서산에 해 떨어지기 전에
자주 만나자 그리고 많이 웃자"

-「서산에 해 떨어지기 전에」 전문

인간은 세상을 지나면서 버리지 못하는 기억이 부모와 친구가 앞자리를 차지할 것이다. 화자처럼 세월이 지날수록 그냥 더 살가워지는 친구를 가졌다는 것은 큰 행복이 아닐 수 없음이다.

인생의 짙은 향내가 나는 친구, 그런 친구는 많으면 좋겠지만 꼭 많다고 좋은 것만은 아니다. 익자삼우益者三友와 반대로 줄이는 뜻의 '덜 손損'을 써서 손자삼우損者三友라는 고사도 있듯이 좋은 친구는 스승 다음에 드는 중요한 삶의 동반자일 것이다. '친구와 포도주는 오래될수록 좋다'는 프랑스 속담처럼…

"살아가면서 / 서로에게 마음을 열고 / 의지가 되는 자넨 참 좋은 친구"

"우리 이제 황혼이다 / 서산에 해 떨어지기 전에 / 자주 만나자 그리고 많이 웃자"라고 6연에서 표현했듯이 격의 없는 ―그냥 만나면 좋은 친구와의 우정으로 삶의 활기를 얻으시고 만수무강하시기를 바란다.

3. 시詩는 시인의 자화상自畵像이다

시는 자기를 쓰고 또 자기만큼 쓴다고 필자는 주장한다. 시의 특성이 곧 개성의 기록일 때 자기라는 중심에서 크게 벗어나지 않음이 그러하다. 하지만 시인은 항상 자기를 버리고 더 높은, 또는 더 근사한 영지領地의 주인인 척 위장僞裝하는 경향이 농후함도 사실이다.

그러나 시의 특성은 항상 자기로 돌아가는 길을 찾는 방랑이면서 방황의 끝에서 돌아온 자기와의 대면에 가슴을 드러낼 수밖에 없음이다.

다시 말해서 시적 장치의 결과 —비유나 은유 혹은 온갖 시적 정치망定置網으로 포장할지라도 그 껍질을 벗기면 알몸의 자기라는 대상과의 조우遭遇에 불과하다는 뜻, 진실과의 만남일 수밖에 없다는 말이다.

시의 탄생은 시인이 살고 있는 저마다의 고뇌 혹은 미래를 바라보는 시선, 아울러 의식을 구성하고 있는 형성의 비밀이나 사상 등의 부유물浮遊物을 수집하여 자기만의 성城을 지어야 하는데, 잘 구축한 성공적인 시인도 있지만 더러는 나열에 난전亂廛을 바라보는 허망도 있을 수 있다. 그러나 어느 것이든 시의 모양에 자기적인 도취가 진설陳設될 경우에는 감동을 수반하는 길이 보이게 된다.

그 이유로는 모든 시인은 피를 찍어 쓰듯 최선을 다해 시를 창조하기 때문이다.

시詩는 사람과 사람의 관계 또는 자기를 추스르면서 항상 긴장으로 엮어가는 일상이 시에서도 나타나게 되는데 시인은 어느 경우에도 예리한 탐색의 촉수觸手를 두리번거리면서 사물을 바라보고 또 진솔眞率하게 대면하려는 자세를 가질 때 그가 드러내는 속내의 고아高雅함은 찬란할 수밖에 없음이다.

그 시인의 세계가 크든 작든 불문하고 진실과의 대면이 감동의 일차적인 관건이기 때문이다. 어쩌면 시는 모호하고 암담한 절망에서 희망을 노래하는 역할이 전부이기에 시를 잘 쓰는 법을 안다고 말하는 사람이 있다면 그 사람은 거짓말을 잘하는 사람이라고밖에 달리 설명이 궁색하다.

시는 해답이나 정답이 없음이라서 얼마나 재치 있고 맛깔스런 맛을 전달하는가의 기교에서 시詩의 운명은 흔들릴 뿐이다.

치렁치렁한 형용사나 부사 같은 양념은 억제하면서 어머니의 손맛처럼 적재적소에 마침한 시어詩語를 앉혀 독자로 하여금 감동이라는 담백한 맛이게 해야 한다는 추상적인 말이 고작이지만 여기 청산 최윤호 시인의 150여 편의 작품처럼 하나같이 담백한 시어로 감칠맛을 주는 시인도 있으니 시들한 순수문학의 미래가 어둡지만은 않다는 기쁨으로 작품 「헛되고 헛되니 헛되도다」에 다가선다.

"만산홍엽에
흰서리 내리듯
청춘은 옛말
나도 많이 늙어가네

타향살이 60년에
고향 벗 만나니 그도 백발
어제까지 청춘이었던 우리가
어느새 구순의 노구로 서 있네

세월은 속절없고
인생은 잠깐이어서
흘러가는 뜬구름이라
초로 같은 우리네 인생

덧없음 모르고
영원히 살 것 같이
억척으로 허덕이던 인생

한바탕 봄 꿈이었다
시계는 고장도 없이
지금도 흘러만 가는구나

오호라!
움켜쥐고 고집한 인간사
헛되고 헛되니 헛되도다"

-「헛되고 헛되니 헛되도다」 전문

위 작품의 시제詩題는 구약성경 '전도서'에 나오는 지혜의 왕 '솔로몬'의 독백이다.

솔로몬 왕은 땅에서 얻을 수 있는 대부분을 얻고 누렸

던 사람이었다.

하지만, 웃음에 대해 생각해 봤으나 결국은 미친 짓이란 결론에 도달하고 (전도서 2:2)

술과 쾌락에 취하여 날과 밤을 보내어 보았지만(2:3) 그것도 만족을 주지 못하였고

왕궁을 웅장하게 짓고 포도원을 건축하여 사업을 확장해 보았으나 그것 역시 마음을 채워 주지 못했고(2:4)

금은과 각종 보배들을 끌어모아 창고를 가득 채우고, 왕후를 700명, 첩들을 300명이나 거느렸으나 기쁨을 얻지 못하고(2:8) 궁극엔 "헛되고 헛되니 헛되도다"라며 삶의 헛됨에 절망하는 탄식을 했다고 구약성경은 전한다.

위 작품 1연에서, "만산홍엽에 / 흰서리 내리듯 / 청춘은 옛말 / 나도 많이 늙어가네"라며 허무감을 표현한다.

원고 전체를 감득한 결과로 보면, 청산 최윤호 시인은 젊은 시절에 승승장구하신 분이라는 것을 작품 안에서 발견하게 되지만, 구순에 닿으신 화자는 5연에서 아래와 같이 독백하신다.

"한바탕 봄꿈이었다 / 시계는 고장도 없이 / 지금도 흘러만 가는구나"라며 인생무상人生無常을 마지막 연에서 포효하신다. //

"덧없음 모르고 / 영원히 살 것 같이 / 억척으로 허덕이던 인생"

"오호라! / 움켜쥐고 고집한 인간사 / 헛되고 헛되니 헛되도다"라고...

이 작품은 화자가 크리스천이라는 암시와 억척스레 사는 인생들에게 교훈적인 이미지를 내포한 秀作이다.

4. 무작정 가고 싶은 고향

모든 시인은 고향이란 이미지에 자신의 태胎를 꺼내는 이미지를 동원한다.

고향이란 명사에는 고생만 하신 어머님이 계시고, 죽마고우竹馬故友들이 얼비치고, 막대하나 들고 뛰어놀던 뒷동산 등이 자주 등장한다. 이는

수구초심首丘初心의 원형일 수도 있지만, 삶의 근원으로의 의식이 집요하게 시인들에게 시에 등장시켜 줄 것을 재촉하는 의미가 강하다 하겠다.

이런 과거추향의식 —어쩌면 태어난 본원의 길을 돌아보는 일은 과거로의 여행이기 전에 추원보본追遠報本의 마음이 여린 감수성을 지닌 시인들에 의해 추억하게 하는 이름이 고향이기에 그러하다 하겠다.

그러나 고향의 추억은 항상 아름다운 허무와 아름다운 아픔으로 자리하는 수채화이다.

이는 고향의 애틋함이 깊을수록 허무의 농도 또한 짙은 음영을 드리우기 때문이다. 이런 정서에서 빚은 작품 「무작정 가고 싶다」를 만나보자.

"가을은 고향에도 왔겠지요
자그마한 산기슭 팔공산 골짜기
어릴 적 꿈이 서린 아름다운 곳입니다

그리운 동무가 있고
아련한 추억이 손짓하는
고향에도 가을은 왔겠지요

어머님의 포근한 품속처럼
정겨움 넘실대는 그리운 산야
생각하면 할수록 가슴이 아립니다

뒷산엔 오색단풍
마당엔 튼실한 감나무
감탄사 절로 나는 그리운 고향

아!
늙어가는 탓인가
무작정 가고 싶다 그냥"

- 「무작정 가고 싶다」 전문

인간은 과거를 기억할 줄 아는 데서 추억을 만들고 그 길을 답파踏破하는 감성에서 시인은 시를 건진다.

특히 고향에 대한 추억이란 살아있는 사람의 전유물이고 삶의 표정에 따라 다양하게 파노라마 장면들을 자손에게 전하게 되는 스토리 풍경화인 셈이다. 화자 역시 어머님의 품속 같은 그 고향을 시로 남겼다.

난해하지 않아 딱히 설명이 필요 없이도 모든 독자와 공감대를 이루는 다정다감多情多感한 작품이라 하겠다.

나이는 숫자에 불과하다고 하는 말이 화자가 표현하는 시적 구성에서 밝혀주는 듯하다.

고향을 지키는 "그리운 동무가 있고 / 아련한 추억이 손짓하는 / 고향에도 가을은 왔겠지요" //

"어머님의 포근한 품속처럼 / 정겨움 넘실대는 그리운 산야 / 생각하면 할수록 가슴이 아립니다" //

"아! / 늙어가는 탓인가 / 무작정 가고 싶다 그냥" 어스름 나이에 표현하신 구절이라서 일까? 이 대목에서 독자들은 콧날이 시큰함을 느끼리라.

5. 구순九旬에 걸어가는 마음의 길

인간은 길에 선 존재이고 또 지나가는 과객이다. 여기서 배경은 세월이라는 이름이고 주인공은 이미 관절에 힘을 잃은 노구老軀로 서 있는 것이다.

길은 인간이 없다면 길이란 개념도 나타날 수 없는 이치, 결국 시간의 겹침이 세월이고 이 세월의 끝자락을 통과하는 것이 피할 수 없는 운명적인 현실인 셈이다. 피할 수 없기에 인간은 고뇌하고 시인은 열병으로 밤을 지새우며 시를 쓰는 것이리라.

우리가 산다는 것이 별것이 아니라는 화자의 작품 「마음의 길」을 동행하자.

"우리네 걸어가는 길이 꽃길만 있는 게 아니라
험한 산길도 편한 들길도 강길도 있는 것입니다
지금은 산길도 들길도 강길도 다 지나고
마음의 길을 걸어가고 있는 구순이 명패입니다

우리가 가는 길은 영원할 것 같으나 영원하지 않고
시간과 인생은 내가 살아 있을 때 가능한 일입니다
내가 살아오면서 맺어온 모든 인연과의 이별은
내가 감당해야 할 시련이자 운명입니다

우리 건강할 때 자주 만나고
걸을 수 있을 때 좋은 추억 만들며
좋은 관계를 이어가야 하겠습니다
우리가 산다는 게 별것이 아닙니다

내가 건강해야 하고 내가 즐거워야 하고
내가 행복해야 하고 내가 살아 있어야

세상은 존재하는 것입니다
내가 이 세상을 떠나고 나면 아무것도 없습니다”

-「마음의 길」 전문

젊은 날에 펄펄했던 경험의 깃발을 접고 사색의 골목을 배회하는 어스름 나이에서 맞닥뜨린 마음의 길에서 화자는 독자들에게 진한 교훈을 남겨 주는 작품이다.

“우리네 걸어가는 길이 꽃길만 있는 게 아니라 / 험한 산길도 편한 들길도 강길도 있는 것입니다 / 지금은 산길도 들길도 강길도 다 지나고 / 마음의 길을 걸어가고 있는 구순이 명패입니다”

비단, 노자의 도道가 아니라 길은 운명적인 암시로 이해해야 한다.

젊은 기백은 이미 쇠잔衰殘해진 구순의 명패名牌를 단 시인의 가르침이다.

험한 산길도 편한 들길도, 다시 말해 산전수전山戰水戰 다 경험하시고 잘 살아오신 시인의 마음의 길이라서 시인이 서신 길 위에 존경의 양탄자를 깔아드리고 싶은마음이다.

“우리가 가는 길은 영원할 것 같으나 영원하지 않고 /

시간과 인생은 내가 살아 있을 때 가능한 일입니다/내가 살아오면서 맺어온 모든 인연과의 이별은/내가 감당해야 할 시련이자 운명입니다"

세월은 결코 되돌릴 수 없는 아쉬움이 동반되지만 담담하게 표현하신 화자의 마음의 길에는 따스하고 안온한 햇살을 받은 시인의 표정이 그려지는 대목이다.

"우리 건강할 때 자주 만나고/걸을 수 있을 때 좋은 추억 만들며/좋은 관계를 이어가야 하겠습니다/우리가 산다는 게 별것이 아닙니다"

"내가 건강해야 하고 내가 즐거워야 하고/내가 행복해야 하고 내가 살아 있어야/세상은 존재하는 것입니다/내가 이 세상을 떠나고 나면 아무것도 없습니다"

위 작품을 만나면서 필자는 독자들에게 한마디 남기고 싶은 욕구가 인다. 어느 시인의 익숙한 글귀를 당연한 표현이라고 눈으로 시청만 하지 말기를 당부하고 싶다.

시론을 쓰고 있는 지금이 사월 말일이니까 당연히 꽃이 핀다고 시청만 하지 말기를 바란다.

우리네 삶에서 부유한 자는 재벌이 아니라 바닥을 기는 냉이 잎에서 깨알보다 작은 꽃을 피워내는 그 경이로움에 숨이 턱 멎는 감성을 지닌 자가 부유한 자인 것을 느끼기 바란다, 적어도 시인이라면.
감성이 깊은 자는 시인의 점 하나에도 끝없는 이야기를 발견하는 자이다.
더욱이 그 감성은 살아가는 다방면에 영향을 미치며 어느 누구보다도 성취감을 취하게 되는 내공이 되는 이치를 터득하길 바란다. 그런 면에서
위 작품은 질곡의 삶을 살아온 현자賢者의 표현 그 이상으로 진하게 다가오는 이유가 시청이 아니라 감득感得이어야 하기 때문이다.
청산 최윤호 작가의 시집 「동반자」에 수록된 작품은 쉬운 듯 깊게 다가서야 하는 자세를 지녀야 함을 안내하고 싶음이다.

6. 시인의 간절한 기도

가을이라는 계절은 허무를 일깨우게도 하고 쓸쓸함을 재촉하기도 하고 감수성이 여린 시인들에게는 내면의 아픔을 도지게 하는 묘한 계절이다.
더욱이 산야에 단풍이 익어가고 시름시름 낙엽이 질 때는 으레 내 인생의 비애와 맞물려 센치한 골짜기로 인도하기 때문이다.
겨울은 어떠한가?
푹푹 눈이 내려온 세상을 하얗게 포장하는 놀라운 광

경에 인간은 겸손해지고 한 해를 잘 마무리하자는 다짐을 하게 하는 성숙함을 일깨우는 계절이 겨울이다.

이렇듯 시인은 자연의 변화에 오롯이 노출된 감성이라서 계절에 따라 옷차림이 달라지듯 시적 구성도 변화하는 것이다.

시집 「동반자」를 상재하시는 청산 시인도 예외는 아님을 보여주는 작품

「늘 읽는 편지」를 만나보자.

“어느 가을날
그대와 같이 걷던
추억어린 남산 길 읽습니다

흐린 날에는
그대 그리움을 읽습니다

화창한 날에는
그대 웃던 모습을 읽습니다

오락가락 비 오는 날에는
그대의 기다림을 읽습니다

바람 부는 날에는
그대의 긴 머리카락을 읽습니다

살아오면서

두고두고 읽는 이 편지는
사랑하는 당신을 향한
간절한 기도임을 아시는지요"

-「늘 읽는 편지」 전문

*요양원에 있는 아내 면회 갔다 오는 길,
김연숙의 초연을 들으며, 2023. 7. 15.

시는 마음을 그리는 작업이라는 정의가 최윤호 작가의 작품에는 정확한 예상으로 펼쳐진다.

자연을 벗어나서는 시적 감흥이 없는 것 같고 육화된 자연의 풍경과 소리와 색채에 심취해서 수작들을 건지는 쾌거가 최, 작가의 작품들이다.

의식의 창문을 통해 바라보는 일상이 계절과 맞물려 다양한 변주곡으로 우러나오는 시적 리듬감은 독자들이 답습踏襲해야 할 표본이라 하겠다.

그대와 걷던 추억의 남산 길을 편지로 읽는 시인은 작금의 나이를 가늠키 어려울 뿐 아니라 그리움을 동반하는 순수를 선물로 건넨다.

"어느 가을날/그대와 같이 걷던/추억어린 남산 길 읽습니다//

흐린 날에는/그대 그리움을 읽습니다//

화창한 날에는/그대 웃던 모습을 읽습니다//
오락가락 비 오는 날에는/그대의 기다림을 읽습니다//
바람 부는 날에는/그대의 긴 머리카락을 읽습니다//
살아오면서/두고두고 읽는 이 편지는//
사랑하는 당신을 향한/간절한 기도임을 아시는지요"

인간은 나약한 존재라고 파스칼은 말했다. 이 말은 힘이 없다는 의미가 아니라 자기와 상관을 갖는 환경에는 쉽게 점염漸染이 되고 그렇지 않은 공간에는 한사코 뛰쳐나오려는 발상을 갖고 행동하는 양상을 뜻한다.

가령 아름다운 여인 앞에 정복당한 강한 남성의 경우는 힘이 없어서가 아니라 약하고 부드러움에 무너지는 상황을 빗댄 의미가 된다는 것이다.

월나라 서시나 클레오파트라 혹은 브라운관을 휘어잡는 아름다운 탤런트들의 모습을 보고 환호작약歡呼雀躍하는 것들은 미에 정복당한 홀림 현상일 것이다. 이는 자고自古이래로 많은 경우가 축적되었고 앞으로도 그런 일은 비일비재非一非再할 것이다.

청산 최윤호 작가의 작품들도 지향 공간은 결국 그리움의 공간으로 들어가는 꿈이 되는 셈이다.

요양원에서 생사를 넘나드는 아내에 대한 그리움에서 출발하여 구순에 이르러 자주 볼 수 없는 친구도 그립고 한때 인연이었던 그녀의 웃던 모습도 그립고, 바람 부는 날 흩날리던 그녀의 긴 머리카락도 시인에겐 그리움의 대상으로서 시적 종자가 된 셈이다.

청산 최윤호 작가의 작품들은 시론으로 설명하기보다는 가슴으로 느끼는 언어, 요란한 손짓보다는 눈짓 같은 작품들이라서 우리가 외면했던 소소한 것들에 애착을 가져야 한다고 일갈一喝하는 듯하다.

야생화 같은 —화려한 조명은 꺼려하지만 그윽한 그만의 향기를 발하는, 누구 하나 보는 사람 없어도 홀로 피어 짙은 향을 발하고 오로지 묵묵히 피어 살아 임무를 다하는 그런 범상함을 나타내는 깊이가 시의 특질로 자리한다 하겠다.

이는 그의 순백한 성정대로 시의 모습이 꾸밈이 없기에 천의무봉天衣無縫한 자연스러움을 전달한다는 의미이다.

요란으로 자기 선전을 일삼는 문학 풍토에서 이런 사고를 갖는 일이야말로 진정한 시인의 면모라서 필자에게도 기쁨이 인다.

시를 사랑하는 시적 여정에 옥체 강녕하시길 바라며 노시인임에도 지난한 시적 여정에 존경심을 표하면서 평론을 닫는다.

동반자

초판인쇄 2025년 6월 10일
초판발행 2025년 6월 10일

지은이 최윤호
펴낸이 이해경
펴낸곳 (주)문화앤피플뉴스
등록번호 제2024-000036호
주소 서울 중구 충무로2길 16, 4층 403호 (충무로4가, 동영빌딩)
대표전화 02)3295-3335
팩스 02)3295-3336
이메일 cnpnews@naver.com
홈페이지 cnpnews.co.kr

정가 12,000원
ISBN 979-11-989877-9-2(03810)

※ 이 도서의 국립중앙도서관 출판시도서목록(CIP)은 서지정보유통지원시스템 홈페이지(http://seoji.go.kr)와 국가자료공동목록시스템(http://www.go.kr/kolisnet)에서 이용하실 수 있습니다.
※ 이 책은 교보문고와 연계하여 전자책으로도 발간되었습니다.
※ 이 책은 국립중앙도서관 홈페이지에서 검색 가능합니다.